2016
中国最佳
诗歌

主　编｜王　蒙

分卷主编｜宗仁发

辽宁人民出版社

© 宗仁发　2016

图书在版编目（CIP）数据

2016中国最佳诗歌 / 宗仁发主编. —沈阳：辽宁
人民出版社，2017.1（2020.6重印）
（太阳鸟文学年选 / 王蒙主编）
ISBN 978-7-205-08793-7

Ⅰ．①2… Ⅱ．①宗… Ⅲ．①诗集—中国—当代
Ⅳ．①I227

中国版本图书馆CIP数据核字（2016）第274616号

出版发行：辽宁人民出版社
　　　　　地址：沈阳市和平区十一纬路25号　邮编：110003
　　　　　电话：024-23284321（邮　购）　024-23284324（发行部）
　　　　　传真：024-23284191（发行部）　024-23284304（办公室）
　　　　　http://www.lnpph.com.cn
印　　刷：龙口市新华林文化发展有限公司
幅面尺寸：170mm×240mm
印　　张：14.75
字　　数：230千字
出版时间：2017年1月第1版
印刷时间：2020年6月第3次印刷
责任编辑：艾明秋　赵维宁
装帧设计：丁末末
责任校对：周海英
书　　号：ISBN 978-7-205-08793-7

定　　价：30.00元

诗歌批评标准：内部的与外部的

西　渡

对诗歌批评的抱怨非止一日。现在我们讨论诗歌批评标准，似乎再次印证了这种抱怨的合理性：你连个标准、连个尺度都没有，还做什么批评？其实，批评的标准在每个诗人和诗歌批评家的心中肯定是存在的，无论他们是在从事创作还是在从事批评。这个标准有比较明确的部分，也有比较模糊的部分，甚至还有暧昧的部分。比较明确的部分，我认为是关于诗歌内部诸元素的部分，包括诗的声音、形象、修辞、结构、张力、风格等等。在这些因素的评价标准上，我觉得最近一二十年来由于新批评理论的传播、细读实践的探索，取得了一些进展和共识。但是，由于对这些因素的判断仍然不能脱离判断主体的主观性，因此在对一首具体的诗的评价上，诗人、批评家、读者往往并不能取得一致意见，这就构成了诗歌批评标准的模糊部分。不过，我并不认为，这种模糊性是一个问题，正是这种模糊性给诗人、批评家和读者的个人性留下了空间，保证了诗歌的丰富性。如果诗歌也像数学一样只有唯一的答案，那倒是一场灾难。我所说的暧昧部分，是诗歌与外部世界相联系的部分。对这个部分的评价标准始终没有建立起来，而且存在巨大的争议。

自新批评以来，人们越来越强调诗歌批评的内部标准，把诗文本看成一个自给、自足的系统，诗的内涵和外延被认为是同一的，也就是说，诗的目的就是它自身，诗的外延也仅仅是它自身。这种意见在一个阶段内有其合理性，它可以促使诗人虔心手艺，提高诗艺的水准。在20世纪80年代以来的中国当代诗歌中，我以为部分诗人和批评家对这一评价标准的坚执起了积极作用——我们现在之所以能拥有一大批优秀的诗文本，是要感谢这种作用的。但是，这种自给说也限制了诗人对世界的探索和表现的力度。实际上，诗歌在作者和读者两头都并不是自给，都和世界有割不断的联系。这个世界是诗的来源，也是它的归宿。也许，我们可以根据诗歌内部的标准判断一首诗是否是一首合格的诗，甚至是否好诗，但要判断一首诗是否伟大的诗，却不能仅仅依赖这样的标准。这也是艾略特的想法。骆一禾对新批评有一个评价，他认为"新批评在精密度上的问题，使它不能计量伟大与崇高"。诗的伟大与崇高是一种无形的东西，不能仅以技艺的有形标准去衡量——也许，这一有形的标准越精密，离那无形的东西越遥远。这无形的东西涉及诗人的心灵和精神层面，它充溢于诗所表现的题材、内容乃至形式，并对读者心灵产生影响。这个属于心灵的部分难以衡量，但并不是说根本就无法衡量，或者根本就不可能有任何衡量标准。诗人的身心是一个统一体，没有独立于身体的心灵，除了木乃伊，也没有脱离精神的身体。诗的精神部分与诗的形式的关系也是如此。也就是说，诗的无形的部分可以通过它的有形部分——题材、内容、形式——在某一程度上加以衡量。在这里，诗的内容和形式作为一个活的统一体，成为生命的表现，而且保持着它和世界的广泛深刻的联系。把诗的评价标准局限于它的内部，局限于诗艺的层次，是一种割裂诗的精神和诗的形式的做法，也是割断诗和世界的联系的做法，实际上永无可能。在这一批评视野下，诗人被降低为一个拥有手艺的工匠，并仅仅以其手艺为缪斯服务，诗人心灵的作用——连同它和外部世界的广阔联系——被有意忽视了。很多大诗人、大艺术家在其谈艺录中也不断强调诗人、艺术家的工匠身份，这些都成了艺术家的工具性的张本。但是，我们往往忽视了这些诗人、艺术家说话的语境，同时忽视了他们的真实意图。在我看来，这些诗人、艺术家是针对后辈诗人和艺术家说这些话的，意在强调技艺对于艺术的重要性。事实上，技艺是艺术中唯一可以学习和传授的部分，而属于心灵的部分，既不可传授，也难以言说，所以他们宁愿保持沉默。布罗茨基说诗人是语言的工具，但他同时强调了语言作为一个历史产物超越诗人个体的巨大能量和智慧——在语言身上，正体现着诗和世界的广阔深邃的联系。可以说，一首诗所反映的现实的广阔性和表现人类心灵奥秘的深邃程度就是评判它是否足够伟大的一个主要标准。举例来说，杜甫的伟大完全可以由此两方面得到衡量，而李白的世界虽然广阔，但其深入人类心灵奥秘的程度却要稍逊一筹，我们也许就可以据此说杜甫比李白更伟大。李商隐的诗虽然深邃，但在广阔性上却较为逊色，所以他是比李杜次一级的诗人。而有的诗人所表现的世界看起来并不广阔，譬如陶渊明、狄金森，但却以其对人类心灵的深邃把握而更新了我们对灵魂的认识，从而体现了一种特殊的广阔性。也有貌似广阔、无所不包而其实肤浅的表现，譬如那位写诗最多的皇上。这样来说，深邃又成了一个主要的指标。从接受的一端讲，一首诗激动人心的程度，它影响读者的深刻程度，都是由这一广阔性和深邃程度决定的。也可以说，所谓的广阔和深邃就是从接受一端衡量出来的。在这一广阔深邃的效果面前，技艺将会消失，或者说，它和这种广阔性最大限度地融为了一体，成为这一广阔性和深邃性的最好的体现而不再有任何外溢或遗漏的部分。这时候，诗就成了心灵的直接表现。这是最高的技艺，也是最高的内容，它们的合一成就了诗的本质，也是诗的灵魂。

从这个标准来看，20世纪90年代以来的诗歌是有其缺陷的。这个缺陷的表现之一便是失去了与现实对话的能力，失去了它应有的广阔性和深邃性。这不是以往文学批评中所谓的现实主义，那样的现实主义，我们并不欠缺，而且正是那样的现实主义成了问题。纯诗的倾向可能造成对现实的遮蔽，"现实主义"同样造成对现实的遮蔽，也许还是更严重的遮蔽。20世纪90年代以来的诗充斥了日常生活的细节和来自"现实"的材料堆积。诗人的鼻子几乎触到了"现实"的墙，这是一种平面的，缺少视野、没有深度的现实。而我们真正缺少的是一种"深度现实"，以及表现这一"深度现实"的能力。这里有一个骆一禾、海子称为"原型"的问题。也就是说，你能否在一种更广阔的视野中发现表面现实之下的内部结构，发现那些具体的细节没有说出的秘密，发现变化万千的现象中共同的基质。实际上，这一能力的欠缺只是一个后果，它背后的真正原因是我们时代的精神生活的死亡。上世纪80年代后期以来，知识分子的肉身尚存，但精神上已经死亡，死亡的标志便是作为一个整体阶层的现实感的消失。知识分子不但失去了与现实对话的能力，而且失去了对现实说话的兴趣。他之于社会的有机性消失了，他和历史的联系、和民众的联系中断了。这时候，知识分子和所有被权力分割的民众一样，变成了一个脱离社会的原子。作为一个肉身，作为一个消费者，作为一个职业身份的教授，他活着，作为知识分子，他已经死亡。中国特殊的权力——社会结构决定了中国知识分子自古以来就缺少独立性。在某一程度上，中国知识阶层一直是由权力饲养着的。五四以后，知识分子曾一度为自己赢得某种程度的独立空间，但不久这一空间就被重新剥夺。诗人作为知识分子的一员，面临同样的处境。一个原子化的诗人，他的兴趣必然也只能限于与其欲望、消费直接相关的部分，也就是他的身心分裂后所残余的物质化的部分。这是诗歌充斥无历史、无意义、无深度的细节的根本原因——诗歌的物质化源于诗人的物质化。但是，在这样一个整体上万马齐喑的时代，有没有一马骧腾的可能？从理论上说，这种可能永远存在。个体是历史所创造，却并不绝对服从于历史的必然率。在历史的因果链之外，基于个体自由意志的选择和行动最终将决定其所成。杰出的个体总是因果无法解释的奇迹。大诗人永远超出于他的环境之上，这恰如杜甫所写的，"此身饮罢无归处，独立苍茫自咏诗"。目前这种处境，也许正为伟大的诗人准备着另一种特殊的广阔深邃的题材和体验，成为其通向伟大的台阶——最深的黑暗也自有其伟大的性质，如果有诗人敢于并能够说出它。

把诗歌的标准分为内部的和外部的，是否意味着另一种分裂？听起来似乎有一点这种味道。但我们提出诗歌的外部标准，乃是为了弥补仅仅用内部标准衡量诗歌的不足，其目标恰恰是纠正所谓诗歌内部标准对诗的内容和形式的分裂，对诗作为一个活体的身心的分裂。在一种更高的视野下，不存在一种评判诗歌的单纯的内部标准。诗是以语言形式表现的生命的运动，对这样一个活体，我们只能以一个身心合一的标准去评判。伟大的诗是伟大心灵的非如此不可的呈现，它的内容和它的形式是合一的，它的精神和它的表现是合一的。技艺在这一表现中消失了，留下来的、活着的是真实的、生机勃勃的、伟大的心灵。

街角的花店

◎庄　凌

小城的街角上有一家花店

很奇怪花店没有名字

只是门口摆满了鲜花

不时有行人在门口驻足

闻一闻故乡

有一天我看见几只蝴蝶

在花丛里舞蹈

蝴蝶是不是迷路了

这里不久前还是菜地与田野

（原载《扬子江诗刊》2016年第5期）

那些配得上不说的事物

◎毛 子

我说的是抽屉，不是保险柜
是河床，不是河流

是电报大楼，不是快递公司
是冰川，不是雪绒花
是逆时针，不是顺风车
是过期的邮戳，不是有效的公章……

可一旦说出，就减轻，就泄露
说，是多么轻佻的事啊

介于两难，我视写作为切割
我把说出的，重新放入
沉默之中

（原载《诗探索·作品卷》2016年第3辑）

寄居在猫先生胡须上的病孩子

◎熊生婵

人们不再谈论隐晦的命题
降落或者喧响
山石土田因人而异
有一种刺骨的寒
在松懈下来的瞬间
侵入巢穴

不要问我将去往何方
知更鸟啼鸣的第二遍
林子开始狂热
枯竭的血液
融化成一尾银鱼

我想我是寄居在猫先生胡须上的病孩子
于苍老的厚重中
穿梭在阴暗的巷子
尘世或是极乐

（原载《山花》2016年第6期）

永无止尽的秋葵

◎鲸向海

今夜又在吃秋葵了
最近因为特别沮丧
所以吃了很多秋葵
感觉自己就是秋葵
一截截毛茸茸的断指
依然乖顺虚寒
让你厌恶
于餐桌上孤零零一角
比海葵更遥远
连葵瓜子都不如
想起你吃秋葵反胃的往事
终究不是你的菜
注定了我们的分离
今夜又在吃秋葵了
受伤后很快就黑掉了
（虽然你说过你最美的时刻
就是被我写诗告白的时刻）
此后一辈子我的沮丧
既粗且浓

我的秋葵
又能怎样呢
为了爱你
把自己卑微横切
宛如一颗一颗小星星
虽无灿烂闪光
也难掩
云梦透明的黏液
大泽为你随时涌现……
今夜又在吃秋葵了
永无止尽的秋葵

（原载《两岸诗》2016年7月号）

语　言

◎若　水

很久以来我们被允许
使用一种语言
赞美那坚硬和抽象的东西

但是泡沫一再破裂
我们想爱
却无从可爱

很快我们之间出现分野
谈论报纸标题的依然在谈论
报纸标题，一脸庄严

我不语，起身
远离他们的桌子，为我的女人和孩子
寻找面包和盐，及
另一种语言

为此我不惜和流浪汉为伍
远离鹦鹉而去接近一只
天真的乌鸦
染黑我洁白的衣领

现在，我比一只浣熊更接近
干净的溪流

（原载《中国诗歌》2016 年第 8 卷）

望春风

◎艾　蔻

春天的风吹拂在水面上
它相信，所有的事物
终会退回水中，它吹过了水
也就吹过了整个世界
春风中，没有什么不是向水而亡的
它离人生如此近
还有落花，还有垂柳
还有数不清的男女
站在水边，被风倾斜

（原载《中国诗歌》2016年第8卷）

鸡毛信

◎流　泉

——在你的诗句
我找到了属于火的那部分

这一片森林是含蓄的，也是令人惊颤的
那么小
又如此壮阔

燃烧的时候，松鼠衔了树枝
一头金黄的豹，有比松鼠更饱满的欲望
那些光，那些蓝色

经过的第一个逗点
都是蓝色的，啊，那些灰烬，那些从不曾背弃的
……细碎的美好的矛盾

（原载《诸暨作家》2016年第3期）

成为父亲，我需要准备什么

◎尘　轩

准备籍贯、乳名、轻音乐

准备奶粉、床铺、尿不湿

准备母语

准备耐心

准备暖

准备多出的灯火，减少的瞌睡

准备好脾气与坏脾气

准备晚些睡、早些醒

准备反义词、正义感

准备一起成长

准备做一面的镜子

（原载《绿风》2016年第5期）

雨天蝴蝶

◎廖莲婷

"没事，可能太快了，要等时间过去。"

我在等着。出口外有个栅栏，只能在外边等。
别着急。你出来，从你的角度看，
我在栅栏左边，栅栏口人太挤了。
清晨的巴士，我稍一迟疑，你最后挤上去。
你在另一个地方等我。你是个十分的女人，
有什么可怕的呢。灯盏空旷，长时间凝视，
可以到达你的位置。镜中，或更远的水中，
一次交谈，或者一次海潮，梦想让人困倦。
也许需要一叶船，溯到最初的源头。
雨天，勒令坐下来，看看灯光延伸的方向。
慢下来，慢下来，但不要回头，这样，
仅仅是影子，我就知道了你的重量。
一个下午，漫长的时光，和避雨的蝴蝶
相遇，并成为最新鲜倩影的凝望者。
我，写下了一篇文章……
男人的话总比女人少，让一个男人说多了，
他就不像男人了。所以，我沉默。突然，
梦境是最好的诗句，因为有很深的寓意在里边，
不相关的混乱片段，都会得到恰当的处理。

（原载《作品》2016年第3期）

雨　地

◎甜　河

沿着东海岸，太平洋递来伶仃的雨，
触碰岛屿锯齿般的边陲，尾随虚弱的
地平线晃动。遍地凹凸不平，布满沙砾。
礁石恹恹而发暗，热情匮乏的海域
带来一些阴沉的满足。我走进雨地越来越
窄小的入口："这冬季寒流中的女猎手。"
泥泞中倒错的季节，堆叠起波浪的长音，
反反复复，冲刷这片憔悴的黑色海岸，
缓解忧郁的热病。高耸的棕榈稀疏地
排列，树叶因空气的湿度而凝重。
远处深潜着鲸群，如蛰居的病态沉积，
捕捉阵雨的讯息。海边垂钓的人
小心走入愈来愈大，灰白的风浪。
波涛翻卷着造势，对峙根深蒂固的引力。
黄昏的余光之中，宁静成倍滋长。
在渐暗的海堤上行走，会有美妙的盐
曲折飘入我的喉咙。暮雨提着灯笼返航，
越过北回归线，身体的潮汐被拨至
顶点。"突如其来，你变得小而轻。"

模糊的风暴杳杳而来，耐心垂询
温情的密电，缓慢铺开绵厚的宽掌，
被一闪而过的快乐擦伤。爱人的性
是远在中央的黑暗，夏天尚未到来。
细细的海风，像握紧了迟钝的发辫
我一生都不想松开。

（原载《星星》2016年9月上旬刊）

山　中

◎李　琬

阴云夜晚的手指
惯于摩挲额颞之间的地图
偏远的省份呼喊着
第一次连接，像雨线穿起银匙

尽管旅舍的中年来客
仍在指点风和风的距离
而众多年轻旅伴，令火塘差点熄灭
我们还是更加着迷
事物孤单的声响

以至于突然走出门
茫然中逾越未测量的土地
——不规则的边缘，劳苦人的创作
告别后再也默诵不出

只有当城邦如此盲目
夜行者才得知，选定方位和步幅
绝非无凭无据

毕竟，能走完偏移的小路
是因为某个黑暗的处所
我们听见，并且互相描述
金盏花和枫杨树的交颈低语

（原载《星星》2016年9月上旬刊）

剩余篇

◎秦三澍

奇怪。不是凭空生出一座塔，
难道雨后的笋，也模仿了人类
钻营着圈地，养人，在最后期限
稍稍显摆过一点生机的特权？

阳台上，我亲眼所见鸟与鸟搏斗，
却不敢把蔽住自身的灌木
想象成藏娇金屋；那些土著选民
把硬币大小的光柱，塞进自己的腰包。

昨天尚余初夏的气度，今晨
手机的地震让我从床单尽头
接纳了窗外绵雨，外加读书声里
唇与齿叩动时，脱不尽的殖民气息。

就在这潮湿的房间，我为你写诗。
而你，一座孤岛的孤儿，像甘蔗渣
被萃尽蜜汁后，不甘心让生活成为干瘪的，
美的，纤维般连通了气候的频道。

真的，三月前，母亲端来甘蔗汁，
我忍不住把银针扎进
这液态的果肉，尽管它浅尝了几口，
就证明，安全感不过是我内心的一个小隔间。

但斗室里起跳的鸽子，团缩着
显得窝囊，用身上的暗斑
蘸去我笔尖渗出的等宽的墨，却飞不高，
头抵在我胸腔薄弱的那层上。

还剩余些什么？搁笔，从好斗的鸟群
牵出不合群者，你终究瞌睡了起来。
仍抵抗着，仍在探望对面的公寓里
第几个男人在哪层窗格，闪现过。

（原载《扬子江诗刊》2016年第4期）

我们这里的农村人

◎左 右

农村人的冰箱，就在地里
每到冬天，他们挖开很深的地窖
将一些果蔬密封在里面
春节过完，里面的果蔬依然保鲜
农村人的空调，也在地里
每到夏天，他们挖开石洞
搭上石板，在里面纳凉，一觉睡到天亮
农村人的洗衣机，也在地里
他们挖开地道，打开石井
将洗好的衣服，放在里面泡半天
待晒干了，所有的衣裳跟新买的一样
农村人的智慧，也来自地里
每当他们犯愁的时候，在地里待半天
一切不如意的事就一下子都想顺了

（原载《花城》2016年第1期）

是风带动了光

◎田　暖

所有的渴望都在这里
绝望。一批鲜活的词、舍利子

是我命运的一部分
命运。在蛋花汤里加了超量的胡椒和盐

而悲伤如酒，不必担心我强壮的胃
生活把一个人分成了三头六臂

灰尘一样忙乱，分娩一样撕裂
新愁一样怜悯自己的恐慌、人群的焦灼

早就知道一条黄金定律套牢了始终
感谢旧又把新埋进了新坟

你的喜悦、惊讶、乞求、爱欲和战栗
全是无效的药汤，我在这里安命定居

摆弄着穿胸而过的雾、霰和日月星辰
是风带动了光，每天挑旺我的心

我在这里生，亦如在这里死
我遽然经历的，也是你正承受和经历的

（原载《星星》2016年5月上旬刊）

草 原

◎星 芽

晚饭后　我们需要割草

割残留碗底的荒草

割祖母老花镜片上面枯死的杂草

一棵一棵地破开

草的历史　草的族谱

从四溢的绿汁里

取出一个又一个纯粹的春天

草儿盖过牛羊的嘴巴

拴住筑于檐下的泥燕子

草儿将我们劳作的手臂圈起来

形成碧绿的陷阱

等到多年以后

还会有人提着两把镰刀　像我们一样

涉过草原

（原载《诗歌风赏》2016年第2卷）

黑夜深处的生活

◎吴天威

听不清，来自黑夜深处的声音
它时而躲藏，波动。我总刻意习惯
这样模糊不清的振颤。它在偷窥
并伴随，太阳下的我……
我任它捣腾寂寞，在轮回光影里
跌倒。然后静静探视，那不安的夜晚
跳动着衰老的神经。伪装睡去
门边，擦不净遗落的
一处刮痕。一只蚂蚁像是
一个人在那，爬上爬下。
那来自黑夜深处的响声，瞬间将瘦小的蚂蚁
击落。重伤。血光淋漓

（原载《桃花源诗季》2016年夏季刊）

恋枝桃

◎倪广慧

姥姥身体不适
医生给开了一个偏方
用恋枝桃煎茶　一日饮三次
姥姥告诉我
恋枝桃就是冬天还留在枝头的桃
舅舅舅妈
爸爸妈妈
里孙外孙
跑遍了邻近的村庄
远山上的桃园
共找回九颗干黑的瘦桃
我哭了
如今再也难找
如此固执的桃
能将自己坚守成世人的药

（原载《青海湖》2016年第15期）

悖论之一种

◎钟芝红

这里的风没有命名，折下其中一次
告诉我是静止的截面，另一面
推搡着许多认真的人群，
我将漫无目的的花辨别、拾取

也不及你故作失焦的确认。
词语与词语需要缝隙，而密度
在星辰的渐变中缩小

夜晚我们也偶遇微弱的光，
就像你发现了好看的什么，
就会热情地接近——

然后变得小心，重申古往今来
一切自由的悖论：广泛、爱情、借尸还魂。
我看见人们有时喜欢。

（原载《黄河文学》2016年第9期）

过 桥

◎姜馨贺

每次过桥
我都探头往河里看
看看鱼

有时鱼多
有时鱼少
有时没有鱼
我就放慢脚步等一等
一般都能等来

如果
一直没等来鱼
我就觉得
这桥白过了
这河水
也白流了

（原载《黄河文学》2016年第8期）

雪白的雪

◎罗佳琳

要描述一个物体的白
人们自然就想到雪白
因为在人们心目中
雪，是最白的

面对眼前的这一片灰暗
现在，我想赞美雪
如果我这样朗诵——
"啊，雪白的雪！"
我就犯了修辞学中
关于本体与喻体的错误
而事实上，如今
已没有什么比雪更白了
如果我不用雪白比喻雪的白
在世上我就找不到
另一种事物，来形容
洁白的雪和雪的洁白

（原载《鸭绿江》2016年6月上半月刊）

道路改造

◎陈　舸

垂丝榕可没那么幸运。
对于隔街的老芒果树来说
它们显得不够优美。关键是没有
变成人们依赖的记忆
没有几十年光阴作为幌子。
它们需要了解这些吗？
大型挖掘机，突然出现在街上
轰响着，转动履带、勾臂
把这些树，全部连根掏挖起来，砍掉
枝叶，光秃秃地用大卡车运走。
一切似乎太快了。
你有理由惋惜，但愤怒显得多余。
为了扩建马路，需要
牺牲一些树。
也许，因为日光下暴露的树根
看起来有些粗野
市政管理局（在《阳江日报》上）说：挖树并非
摧毁，不过是移植。
仿佛树荫过于浓密，就会制造阻梗

汽车不是闪亮的甲虫。
林荫路，只适合于习惯的抒情，
风格的散步。况且
你的日常生活，也不会拒绝
一条宽阔的，虽然有点儿神经质
但不会堵塞的街道。

（原载《飞地》2016年第14辑）

山 岗

◎蒋志武

变幻，静止。树木在山岗中
产生一种生死交替的哲学
雾气很浓，花是圆形的，垒砌的坟茔
无人看守的坟墓，死者们自由出逃

黎明是我们干净的外壳
从山岗中上升的朝阳，如血液在运转
真相被埋在山岗的土壤中，蠕动
历史将尖叫复仇
母亲从山坡上摘下爬藤的丝瓜
一片片在水中煮沸

山岗，为致命的，鸟的飞行提供铅镜
每次回乡，站在山岗上
往下，看看自己的村庄，有寡妇的衣裳
在晾衣杆上飘扬，我探出去的身体
成为山岗上的一小点，波动，不安

（原载《作品》2016年第6期）

身体里的故乡

◎郁　颜

身体有它的过错、隐秘与局促
每一处伤疤，都是它的故乡

它们替你喊疼，替你埋葬悔恨
隐瞒你，包容你，忍耐你，又无声地陪伴你

（原载《江南诗》2016年第3期）

土地有它自己的脾气

◎陆辉艳

土地有它自己的脾气。

有时，它为我们生长出稻秫，甜而多汁的果子

有时它只长出荒草和荆棘

它长出无用的三角刺随风摇摆的野麦子

它长出江河流经一个又一个村庄

它为我长出了你

那些死去的因此又一次活过来，重新生长

（原载《莲韵》2016年第1期）

散步的意义

◎李　越

散步：一种叙事仍在继续
我们对此熟稔，唯陌生于
傍晚人流交叉的集贸市场。
我们散步，如晚风悲叹的
长调，我们在放牧脚步
而夜色啄食初现的星群。
我们设置步距，徐徐行进
饮热酒，以冷水浇身行散
步履散落，恰如药石碎屑
双脚交互移动扯开悒郁的组织？
我们散步，其中是什么在敞开？

（原载《海峡诗人》2016 年春季号）

深夜过南门

◎颜笑尘

没有马匹抵御冬夜的刺藤

我站在栅栏里

逃逸。从一种精神的颤动

到另一种精神的颤动

这本该是一种天赋。攀越铁门时

撕扯出来的秦叔宝

怒目像极了父亲

比呼吸和渴望疏远

女孩尚未学会拒绝之初

就懂欣赏陌生女人的妆面

她。皮肤上粉末的衰老快于

米粉店老板手起刀落

后者又快于白炽灯外雪花堆积的速度

这段距离在古老的城门遗存

我走在自己的肋骨上

每一步都下坠，每一步都压低哑语

铁笼在深夜破裂

只能算作一次虚拟的重生

（原载《芳草》2016年第4期）

阁 楼

◎谢笠知

太阳升起时，村子开始闪耀。

木屋板墙、窗框和柱子洗得发白。

竹渠里泉水的反光在梯田旁时隐时现。

以及同样明亮的事物：

灌木丛、紫色和红色的穗状花束、黑石板、

弧形田埂，全都置身于黎明巨大而稠密的阴凉气息里。

在它们之上，红木门关着，

梯子挨墙爬上几平米大的阁楼。坐着时，

人字形的屋顶就挨着脸。

整整三天，我在那里爱着我最初的姑娘。

三个黎明，楼板一点点亮起来，

黄影子屈身爬上横梁，绕到我们脚边。

屋外，金头莺在露水间鸣叫，山椒鸟飞着，

松尾般的身躯穿过棕榈树。如果我们抬起身，

还可以看见鼓胀的棕苞裂开了，露出鲜黄的细沙般的棕籽。

香味扩散，涌动，珍珠般闪亮。

正是这些注定要消亡的光芒，

不只在那时，让我感受到生命中最纯净的快乐。

（原载《江南诗》2016年第3期）

一不小心

◎路　亚

"他抽身离去，多么洒脱
剩下我的肉体尚未冷却，僵在那里……"
我把刚写的分行读给女友听
才听了这么一句
她就没完没了地笑，没完没了地笑
甚至笑出了眼泪，捂住了胸口
声音，有点响，有点刺耳

（原载《读诗》2016年第2卷）

梦

◎火　柴

就因为
那房子在那儿
我推开它的门
门后面
还是门
我再推开
门后面
还是门
我记不得推开多少门
但当我推开最后一扇
我已经
穿过了那房子

（原载《六十七度》2016年6月号）

彻夜不眠

◎李之平

我时常
一夜不睡
听着风在窗外的大街上走
或者是雨点
敲着楼下的铁皮屋顶
很久很久

有时
我进入自己
古怪的意念里
那就不存在大街
一切无声无息

直到
脚步声
从远处传来
有人发动汽车
有人打开大铁门
就好像是放我
进入梦境
到处都是蝉声和阳光
在树叶上抖动

（原载《海峡诗人》2016年春季号）

图 钉

◎苏若兮

我不敢保证他没有锈渍

他有过去。即使他深深地揳进墙体

他也热爱着。局限在自我的意志里修行

离开那些图页，风云，布匹

他就来我这儿打坐

人生有许多空白，他在陌生的一角填补

那么乖。成就终点

必须这么一点一点地，用狠劲儿

将他摁进苦难和婚姻

（原载《中国诗歌》2016年第5卷）

在夜里

◎丁　薇

只有在夜里
你才是我
我才是你
我们才是我们
当黎明破晓
我们又戴上
各自的面具
过着悲伤
大于快乐的生活

（原载《人民文学》2016年第7期）

以水为镜

◎施勇猛

以水为镜，我就无法唱出歌声。或者，去倾听一种变迁。
我就浮出镜面，撞碎一张在水面刻下的脸。
每日，如跪在内心的一种仪式，水面如镜，出现在我眼前。
水到了无路可走，就成了海。或者成为其他，我不想知道。
海到了岸边，就成了风，把尘沙吹回去。把今天也吹回去。

我站在水的旁边，浅浅的水是倾斜的，直到人们滑落。
水走了之后，人就会荒芜。
就像离开镜子以后，荒草就从镜里长出来，掩盖那些还存在的脚步。

（原载《蓝鲸诗刊》2016年元月号）

布谷鸟在远处叫唤

◎林　莉

急促的。切切的。

两短一长，平平仄的声调

有时拖长一两句，但很快就消失了

像是风疾速

碎裂在褐色的岩石上

没有爆破后的空虚和阴影

当我沉默着

一次次站在窗前凝视远处

眼睛蓄满泪水

当我沉默着，准备好信封

当我沉默着

翻找一个覆着青苔的邮筒

当我把一根被切割过的光线

移动到唇边

沉默着

我都能听见它

咕咕——咕——

咕咕——咕——

宁静而准确

……

我战栗着的呼吸碰触到过它

（原载《建安》2016年第1期）

信 札

◎冯　娜

在南方这么多年
我吃过河豚、蝎子、水蛇
也吃过橄榄、秋葵、柠檬叶
相克的汁液和微量的毒
让我的胃保持着杂食动物的警觉
我知道

我也能吃下音乐、情话、诗句
素食主义者的说教和信徒的布道

偶尔，有人从高寒之地送来雾凇
我的胃搭起巨大的河床
在南方这么多年
翻阅食谱如同温习经书
忽略味觉好似遗忘

能吃掉的才属于自己
能消化的才能被信仰

（原载《汉诗》2016年第1期）

凌晨两点

◎ 离　离

又过了五分钟
不能再告诉你我今晚做了什么
应该说昨晚
也不能说明天我想干什么
应该是今天
过了这个时间
一切似乎都加快了
风很快就吹走了昨天的
灰尘，又落下一些新的
这个小城总有落不完的土
我给你不停地写诗
写完一页
我就用双手轻轻
压住，顺便也掩盖了
一些往事

（原载《原州》2016年第2期）

致——

◎张牧宇

昨夜下了一场雪，早晨天空蓝得要命
一朵一朵的云飘来飘去
我故意在雪地里走来走去
穿着初次遇见你的那件衣服
今天我不写信了，就抄一首你写的诗歌吧
如果你不赶来与我相爱
我就独自想想你的头发和嘴唇
独自爱一遍体内奔腾的河流
这样就不会结冰
就可以日夜不停地奔向你

（原载《诗东北》2016年夏之卷）

他者不可知

◎夏 午

星期二，我展开小镇一角。
你放大了它，找到廊檐下的我。

星期六，你勾勒青山、静水与远方。
我隐身于山水，寻找隐喻的快乐。

星期天，"休息是神圣的。"
隔着千山万水，我们并排躺在灰白月光下……

这便是你我删繁就简的默契——
他者不可知，唯有"你懂的"：

"相濡以沫，不如相忘于江湖。"
偶尔怀念，恰如果实在枝头怀念花朵。

（原载《诗探索·作品卷》2016年第2辑）

隐　私

◎余幼幼

大渡河吞下
我洗不干净的隐私
硬生生让它吞下
也有我的错

我的错误之处在于
在钓鱼之人的
注目之外
充当了他的鱼饵

河水也会一天
比一天忧郁

我的错误
也是站在大渡河岸
很轻易就喜欢上了身旁
的一个人
他那么的不合时宜
却又在隐私里
显得那么的恰如其分

（原载《作家》2016年第5期）

情人正在老去

◎莫小闲

他不再关心，少年们热衷的东西：
速度、手枪、武器、女人和排名
我给他写的诗，读了一遍又一遍
他变得越来越慢。喜欢把玩
比如石头；比如核桃。而他的疼痛、暗疾
凹凸不平的褶皱，正在摩擦与碰撞中变得光滑
最后一次，他握住我的乳房又松开了手
像是早已接受这结局的虚无

（原载《莲韵》2016年第1期）

我们看不清已经很久了

◎ 玉　珍

在马赛克世界中待得太久
我戴上眼镜
认真观察他们
一种不适
一种近乎绝望的残忍
朝我扑来
那不是真相

我知道真相更加残忍

（原载《汉诗》2016 年第 1 期）

黑 洞

◎赵 佳

我的身体里有个黑洞

因而我总是感到饿

一天晚上半夜醒来

一阵汹涌的饥饿袭来

我吃掉屋子里所有的食物

十个苹果九个梨八个橘子七个桃

然而我还是很饿

于是我开始咬桌腿

啃掉屋梁吞下地板

屋子消失了

我只身走在荒原里

然而我还是很饿

我吞下所有迎面遇到的东西

啃噬群山饮尽江河

咽下成片的森林

然而饿感仍然没有消失

我孤身置于浩瀚的宇宙中

日复一日地寻找填满黑洞的食物

星球，光，星云，暗物质

所有可被命名的都成为果腹之物

然而我还是很饿

现在只剩下我自己

没有天没有地

于是我把手伸向自己的嘴

继而是腿，躯干和内脏
我把自己吃得一干二净
只剩下那个黑洞
集合了世界所有的秘密
我将它称作我
也有人称之为宇宙

（原载《江南诗》2016年第3期）

叙事与抒情

◎师　飞

该如何修改纸上的雪，像注射一剂麻药
该如何将苦心锻铸的技艺还给熄灭的炉火
我略知那个男人的往事，但只是在梦里
它们劝我虚构，并对虚构保持敌意
它们拒绝象征，但注定只属于象征

我重读某个冬日曾打动我的远方的诗
这一次，中午的混沌搅乱了傍晚的幽暗
没有什么不在结束中——
变得多余的道路，想象和稍显悲哀的焦虑
它们神似从前：第一次看到眼睛时的惊恐
和第一次面对女人时的颤抖

而我在这里，含着不能咳出的喉咙
观看一次又一次意义肿胀的逃离
我想起许多事物，没有什么真的消逝
譬如：死亡的脸和命运的褶皱同时浮现
青春就这样缓缓地，突然终止

（原载《人民文学》2016年第10期）

从 众

◎代 薇

在一群羊面前放一个栅栏
领头的羊跳过去之后
后面的羊也跟着跳
这时，将栅栏突然移开
后面的羊仍然继续跳
就好像栅栏还存在一样

"在笼中出生的鸟认为
飞翔是一种病……"
而低头吃草的羊
认为沉默是它们的家
鞭子决定了什么可以被记住
什么必须被遗忘
羊是活不下来的
它们最终会被送到屠宰场

（原载《青春》2016年第10期）

我后面那个人

◎颜梅玖

我后面那个人，很快
超越了我
仿佛被谁驱使，走着走着
就跑了起来
跑着跑着，似乎又
突然想起了什么
她逐渐
放慢了脚步
越来越慢
甚至完全停了下来
一动不动地，呆立在
桑树的阴影里
我加快了脚步
她低着头
脸色苍白，像一个
细长的疑问
我快速地超过了她
仿佛她是一道黑暗
在她孤零零的静止中

我越走越快

仿佛要远离什么

仿佛那曾是我的一段生活

我没有回头

我只听见风

在陌生的街头

打着转……

（原载《诗选刊》2016年10月号）

可疑论

◎青　篦

家渐渐变成杂货铺。语言也一样
我无法用一种语调写诗
欺骗和赞美，经过消弭，转化，重新排列
如同每天的擦拭，将一件件器具挪动
放回的位置不会重样
还有更多情绪：橘子罐头的多疑、花生糖的快乐、
酸奶的悲观、巧克力的软弱、大果粒果冻的神经质
这只是冰箱一角。若是诉说博古架、橱柜、玄关
桌的惆怅
多少沉睡之心苏醒，搅乱完好的人
"四十岁后得过且过就是完好"
缺陷诸多的我，也将由时间改造成新人
多好，婴儿肌肤，甜腻的嗓音
掩起耳朵自掘坟墓。左右言说生活

（原载《文学风》2016年第3期）

我想去看一看你打铁

◎秀 枝

我想去看一看你打铁

燃烧的炉子，像一场风暴那么通红

你把颓废的铁块放进去

熔化它，锤击它，直至变成你想要的刀和剑

闪耀咄咄逼人的光芒

幼时我常去村里的铁匠铺看打铁

两个铁匠的大锤挥起来，你一下，我一下

砸出那么多乡亲需要的马掌、斧头、菜刀、镰

"咣——咣——"的打铁声总是回荡在村子的上空……

我走过一些不平的路

多少年来，那神奇的火焰一直在我心里升腾

我迷惘过，懈怠过，冷漠过

而火焰一直在燃烧，仿佛在等待一块铁

我想我就是一块闲置的金属

如果我也纵身赴火

经一番熔烧、锻打、淬火之后

会不会摇身一变，从此就有了用武之地？

（原载《作家》2016年第4期）

一些有毒的

◎ 施施然

原谅我不喜欢一些事物
就像你的味蕾，天然地嗜甜，嗜辣
但抗拒苦
苦的东西当然也有好的
比如良药苦口
比如苦丁茶，凉瓜，苦杏仁
蜜柚的前味也是苦的
而我要说的是，一些腐败形态下的
比如一潭冒着绿色泡沫的死水
比如将万千普通人挡在外围的规则
比如网络上流行的戾气
人们廉价的赞美
以及笑容背后涂满了毒液的箭

（原载《北京文学》2016 年第 6 期）

万物有着自身隐遁的道路

◎南　子

万物有着自身隐遁的道路——

云的阴影
泉水喷向天空的遗迹
快车的汽笛在草木内部鸣响
河流的脊背裸露出
舌尖上一粒细沙

——现在　我加入到它们的形体
以灯火后面的阴影
以被岩石磨损后的咸涩音调
和一整座倾斜的水池
我收集万物陈旧的伤口
消失在每一个单独的事物中

其实　万物都有着自身隐遁的道路
不向任何人道及

（原载《诗歌风赏》2016年第2卷）

傍晚的时候

◎李小洛

傍晚的时候，我离开了一群
上山的伙伴
一个人，去了山谷
一条只有荒草和石头的山谷
我沿着人们走过的那条小路
让自己安静下来
安静得像块巨大的尘土

天色越来越暗，越来越黑
风从低处吹来，吹过
那些荒草，吹动了
我的衣襟
在这个时候，我突然有一些恐惧
一些寒冷和失望
就学着松树的样子
对着天空三击掌

可是一直等到后来
深夜了
等到又一个清晨出现了
也还是没有听到那个返回的声音
在我的耳畔吹响

（原载《诗歌风赏》2016年第3卷）

来吧，往事

◎李海洲

素色裹住暗处，拉链还系着落花。
细菌和过敏症突如其来
在昨天，或者更早
两个人被搬运成一声叹息。
这是刀中的出海口
唇边的诗，这是暖冬带着体温的往事。
一个古人丝绸遮面
他在叹息，他要送走一辆偷情的火车。

很多人深陷其间，而我已抽身离开。
告别从十月开始
那凉意袭人的晚宴、街头的奔跑。
那总是走在我前面的人
腰肢如狐，独自买醉到早上。
一低头究竟是多少年？
冒辟疆离开了董小宛
不为人知的花瓣注入各种酒杯。

砍掉吧，青春的头
砍掉往事，而往事仍然青春。
我有时会记不清她的模样
那些行走中的省略号，相拥的白鲸。
有人泪如雪花，飘落在慕士塔格。
她是恐龙时代的凹陷

远走了的劫难和水源……
但我不再是她凸起的部分。

来吧，往事。往事中堆积着杂草，
面对面也是天边。
我听见你不久前的哭泣
贴在蔚蓝色的行程上。
有一片冰凉，那是你长衫黑衣的味道。

（原载《作家》2016年第2期）

我用手指弹奏生活

◎青小衣

我用手指弹奏面粉，瓷罐里的盐

纯棉的旧被褥，白衬衫

弹奏不同温度的水，在各种器皿里

激起波澜，或浪花

我还不停地弹奏鬓角的月光

和眼睛里的悲喜

肋骨里的火，火焰熄灭后的灰

弹奏一堆词语，发出不同的高低音

在夜晚，我的手指

弹奏一个人的身体，滑翔，或轻拢慢捻

勒紧，沦陷

反复在他堆满冰和石头的心里

弹奏春的序曲

然后，把春天捧住，举过头顶

（原载《诗歌风赏》2016年第3卷）

对话录

◎罗　至

窗外屋顶上的积雪，透过玻璃，与
窗内的书柜相映成趣。也许，它们已经
达成了某种默契，不管我有没有
接受的心情。这是上午九点钟开始的
事情。之后雪越来越亮，发着耀眼的
白光，书柜也越来越亮，发着耀眼的
白光，这时已是正午十二点钟
我有些恍惚，有些晕眩，好长一阵子
都是如此。直到喝完第六杯茶后，正好
到了下午三点钟，茶杯的影子渐渐
改变着图案。我望出去，积雪消融
殆尽，而眼前的书柜好像刚刚擦洗过的
散发出雪一样的气息，鲜亮如初

（原载《延安文学》2016年第5期）

望月兼寄

◎张巧慧

明月昏黄

是他爱的颜色

柳叶湖、沾天湖……所有的湖

都有自身的荡漾

草地、沙滩、驰过的车子

冰镇汽水沿着杯壁缓缓滑下

现代的美

正不断介入此刻

抽烟的女孩子

戏水的女孩子

隔壁玩杀人游戏的女孩子

她们拥有不同的侧面

我独自沿着柳叶湖畔行走

在现代与古典之间

看满月

如何把光和美好递给湖水

又如何把碎片留在人间

（原载《桃花源诗季》2016 年秋季刊）

海风絮叨给你听

◎李林芳

船只点起星火，信号山闪着灯光

湛山寺的木鱼敲响，诵经声绕梁

翻过山去，教堂竖起十字架，一片山坡融进忏悔之中

这么多年，我们都已学会了和解

潮涌潮落，不去触碰海岸的底线

那年海浪的犬牙曾撕扯着嶙峋的崖壁，堤岸竖起巨石

陆地穿上铠甲

现在，她柔和地拍着他

在我们脚下，木栈道锦上添花

你牵着我的手，走向星河湾的灯火

我说灶火，说菜式，说我的厨房里，卷刃的菜刀

抱怨迟钝的案板。合上房门的瞬间

对人世，也涌上小小的厌倦

遥不可及的海风横扫了浮云，鸥翅

说大隐忍，说小悲欢

它接通了底气，它絮叨给你听

（原载《诗潮》2016年10月号）

启蒙：致灵魂的弹性

◎徐俊国

前年的松果还没入土，
又一轮春天从眼眶中溢出。
斑鸠一声比一声低沉，
那是对亡灵最好的启蒙。
枝条之美，来自弧度，
它掰弯自己的时候，
很好地保持了
悲伤的弹性。

（原载《两岸诗》2016年7月号）

疑窦丛生

◎马　非

旅美一周
在这个号称
"车轮上的国家"
没听到一声喇叭响
让我怀疑
他们的汽车
是有缺陷的
压根没装喇叭

（原载《瀚海潮》2016年白露卷）

生活的依据

◎谢湘南

为了寻找一本书
我把房间里堆得乱糟糟的书
重新整理了一遍

可是仍然未找到
那本书

第三天
我细细搜寻家中所有书架
终于找到它
我欣喜得很
就像找到
此刻，我的生活
我这四十多年
生活的依据

（原载《四川文学》2016年第7期）

抑郁症

◎金铃子

我还有什么词语没有用尽
我还有什么春天没有用尽
我还有什么爱情没有用尽
可是，它们干吗要折磨我呢
它们盯我的梢。它们公然坐在我的床前
听，它们非常热闹，入夜不休

它们说：让她活，让她活在这世上

（原载《中国诗歌》2016年第2卷）

起初与最终

◎高鹏程

起初是你涨满绿色血液的手指
擦去了我脸上的积雪

最终是一根枯枝，拨开我墓碑上的落叶
让凝固的大理石，露出新鲜的凿痕

起初是一根新生的光线，
唤醒地下沉睡的蛹
让白蝴蝶的翅膀，在一朵豌豆花上掀起涟漪和风暴

最终是陈旧的雨水，
洗净了人间恩仇
一阵晚风，带来了永世的安宁和沉沉的暮霭

起初……最终。中间
是广袤、狭窄。是疼痛、麻木、缠绕。是纵有万千语。
是茫茫忘川……

当最后一粒
人间灯火被带入星空
死去如我者，也如静默的山峦微微抬起了头颅

（原载《中国诗歌》2016年第2卷）

中 年

◎育 邦

我知道

我与世界的媾和

玷污了我的日子以及从前的我

我有别于我自己

我从千里之外带回一片树叶

当我看到鸽子，就会流泪

在人与人构成的森林里

我总是采撷那些

色彩绚烂、光怪陆离的蘑菇

仅仅因为它们是有毒的

在菩萨众多的大庙里

我所点燃的每一炷香都那么孤单

忧郁而烦躁地明灭

我把剑挂在虚无的天空中

因为它已疲惫

我徒劳地搓一搓手

迎接日趋衰老的夕阳

它简朴得如一滴清水

凋零，流逝

却拥有寂静

（原载《江南诗》2016年第1期）

有些事物不能致使我忧伤

◎郁　雯

有些事物不能致使我忧伤

绝对不能

我想到窗户外面伸展的天空

屋檐上停满的白鸽

阳光下急骤而至的冰雹

不同的画面，不同的想象

关爱让我懂得了生存的恩惠

像流水多变的姿容，款款又细密地渗透

盘旋，飞升，晶莹的宫殿

就在面前

有些人不能致使我愤怒

绝对不能

光芒在

镶满钻石的勇气在

在自画像上的未来额头

悲悯，一项高尚的礼仪

无声地挡开毒舌之灾

（原载《江南诗》2016年第1期）

踢着一只空空的易拉罐

◎宋烈毅

你在路上发现的一只
空空的易拉罐
试试看，你踢着它回家

你一直踢着它
专注地踢着
不要和路上其他的事相干

踢着它
你发现月亮在你童年的时候
比现在还要圆还要大

踢着它
一路回家
回到有一棵漆黑的塔松站在门口等你的家

（原载《飞地》2016年第13辑）

孤独者的五月

◎钱利娜

旷野春草茂盛，一对麻雀

从废弃的水管中飞出

凹陷又圆满的贞操

衔着泥草，忙碌而哀伤

那些空置之处，圆满处的缝隙

都可暂时为家。它们细碎的鸣叫

在飞，小小的阴影

认识我的每一个伤口，但我的伤口

独自旅行多年

没有一所房子

（原载《中国诗歌》2016年第1卷）

和你一样

◎纯　子

和你一样，我在别人的阴影下生活
或者把脸藏在人群中，在这个时代的夹缝里
用别人赏赐的空气呼吸
爱与不爱，我都与这个世界
有一层窗户纸的距离。
和你一样，我也渴望大海里有自己的波涛，
天空有自己的云彩。我模仿那个夏天的男孩
用拇指分开的昼和黑，即便因为意外
也不会混淆，黑白永远分明
时光遵循永恒不变的秩序。
和你一样，有时我也像树木
会长出新的枝桠，用以接纳命运之外的
雾霭、雷电，和风雨
那不可预知的部分，因为神秘
总是看不见，也难以触摸
有时我也会在时光中更替，昨天的自己
遗失在今天的梦中，明天的自己
又把今天的自己覆盖。这使得自己看起来
活着更像是替一个看不见的人，使用她在人间的
肉体，说她来不及说的话
走她没有走过的路。而逝去
也必然会有另一个人替我活着，替我
重新从青丝到白发。
和你一样，我也给岁月唱过颂歌

给爱情写过情书，用尽语言里的美
唯独没有给自己写过信，现在
我要给自己写一封信，问问自己这些年
好不好，我要对千疮百孔的自己说对不起
我还要喊自己亲爱的，不是感觉被人爱
而是自己重新被自己爱

（原载《星星》2016年3月上旬刊）

一切都在赶来的路上

◎顾　北

雨下在铁皮屋
雷声在赶来的路上
紧握着的那遥远的风景
回响在赶来的路上

一切都模糊不清
记得你曾朝着远山挥动着手
一种急切让爱来不及喊出口
但你的眼睛在赶来的路上

世界再大，与我无关
曾经，我冲出去远离了这一切
世界仍旧是你，小小的
梦的酒窝

爱你像生一场大病，像草原宁静的
中心，黄昏正点点滴滴
装扮赶来的婚礼。哦她们从未想过
等待是守候百倍的幸福

今生我要住在国营农场，那沿途见识的事情
那些瘦成皮包骨头的事情，我和你享受这宁静的快乐
你愿意在我心头煎煮草药也罢
等你看清我——头发花白，哦一切都在赶来的路上。

（原载《0596诗刊》2016年第1期）

水 珠

◎翁美玲

浪涛里沉浮的惊险，悬空跌宕
一滴水珠，自落叶倾斜被打入粉尘。
将余生熔冶成泪，让世界
朝向高处爬行。

我的眼里住满了你，心口堆积着泥土
亘古的庞大和芬芳的气息
使我吐不出你，也住不进另一个你
企图在圆满中期待

秋风已至——目光向上
哦，季节，谁说落英无情？
举着渺小的透明，以微薄和痛彻
往深土游移

杂乱而坚毅的事物打湿
斑驳　众多的图案
被剪成凌乱

大雨磅礴，另一滴水珠……
它运送身体
滑进了黑夜的河流
风声，蛙鸣，一切剧止

这广袤的夜，被水与水连接。
星辰毫无理由地隐晦
唯独水明亮着骨骼

（原载《中国诗歌》2016年第3卷）

白 露

◎舒丹丹

露水是什么时候消失的？
还有那些濡湿了尾羽的麻雀
那些枯枝草叶，小天气和旧日子
都已被太阳的一双手收走

我已记不清，是哪一年搬离旧居
那伏在青石苔上的露珠的颤抖
到底是白色，还是透明？
我已经开始忘掉很多因缘和细节

有更多的事物消失在白露以远
生命需要一点点健忘和硬心肠
越过黎明前最黑暗的绝望
一颗露珠，就可以活得更久

没有人知道白露是怎样消失的，正如
没有人看见它怎样拼尽力气凝结

（原载《桃花源诗季》2016年夏季刊）

画布上的玉米地

◎晓 雪

调色板上，一场清晨的薄雾
撤离田野。玉米在太阳底下
被镰刀放倒。疼痛的自由
遗弃田埂。外衣，层层剥离，
赤身钻进憨厚的麻袋。
金黄，按捺不住沸腾，
把丰收引向一片朝圣的
领地。

（原载《扬子江诗刊》2016年第3期）

致黄诗芮

◎金黄的老虎

整整一个下午
你都把自己当成一架飞机
由你自得其乐
你专注地制造着一出出滑翔

娃儿，极少有人能领会到
即使在错误中
也有无穷的乐趣
可以滋润我们

我们在同一条大路上
向前走去
你要酷爱幻觉
任凭年华流逝

（原载《汉诗》2016年第1期）

筛 子

◎唐继东

慢慢知道，时光
还有另一个名字
有一些词语被筛下去
就改了称呼，比如
朋友变成了陌路
美好变成了伤痛

我惊惧地发现，筛子
并不粗大的网眼上
还有词语
在慢慢缩小，等待滑落

我忍住泪，试图用所有
真诚和耐心，经纬交织
铺陈更细密的挽留

（原载《绿风》2016年第5期）

身 体

◎曾 蒙

那人坐在花台边抽烟，
吐出的烟圈，模糊了眼前的江山。
他在生病，身体里
烈焰升腾，他无法控制，
就像愤怒的海水，撕扯咆哮的
胸口，以及胸口之下的位置。

他坐着不动。目光呆滞。
周围的物体视而不见。
他看不见生死，也看见了生死。
鸟儿在树枝上跳来跳去，
说着自己的话语。也可能
它也不关心自己，只关心身外的物体。

天空蔚蓝，蓝得有些心烦。
我眼里的事物没有任何改变。

（原载《汉诗》2016年第1期）

连 翘

◎罗 羽

> 我背向这个可耻的世纪
> 我面对失落的爱
> ——布罗茨基

它们从身体的细枝上抽出早晨，伦理
不是这个春天的颂歌。还要说
我们背向国家的残忍，谁也没有发现
它们黄色乳房上的斑点
　　　　　　向被剥夺者的意愿点头致意
　　　　　　由地铁站出来，丧失
　　　　　　的一切，成了生长的一切

在裤子上挖洞，露出膝盖的女子
游移到打铁关。桃树顶端
的松鼠，在必要的刹那，换一下
角色，保护自由人的美貌
由此，我们想到如何去品尝被木锤
敲打成薄片的米鱼
　　　　用广场恐惧症
掩盖杭州的肺腑。离开烂漫的口味
在口语里停顿说话人的微笑
讲起过去，事件像幻觉，品质像抽象
分开它们中间还没盛开的，已经盛开的
　　　　　　是我们的性情

二月的雪连接着黑夜，忘形

的是酒杯里的小宇宙

那个时候，老杜看到的杀戮

并不全是世界的杀戮

诗是苍茫的理由，入门后，它们

的翠绿睡在哪里

也都还能翻动身子，与共性相见

呐喊并不一定被偏听，在腰以下

雌的是雌的，而那些雄的，也可能是雌的

——给臧棣

（原载《诗建设》2016年夏季号）

悲 伤

◎黄　芳

那个黄昏她记得清楚

漓江大桥上

暮色越来越深

她走得越来越慢

一个男子停在路中

对于往前还是后退

似乎有些犹疑

他两次掏出手机又放回

是否要打一个电话

似乎也有些犹疑

走过他身边时，随风带起的那阵气息

让她想起某个午后

那时大雨刚停，一个身影

刚刚离开

——那时，悲伤刚刚开始

她回过头，想对他说

你的马丁靴很好看

这时街灯依次亮起

她看到他仓促垂下的脸

有泪水就要掉落

（原载《中国诗人》2016年第5卷）

夜关门

◎安 琪

有夜，但是门关着
门关着使我看不到夜的忍受，夜的枯竭。夜梦的手
夜夜从梦里伸出
把我拽进它的惊悸，我从未在梦里笑过
但你有！

所幸你有，我才对梦充满期待，在夜的脚大踏步
踏过白天的每一晚，我拼命拍打着门
我知道梦就在门里
它用一扇门把自己与尘世隔开，每个不同的梦
都有不同的夜，不同的门
与之匹配。

不止一次我从梦里哭醒，摸到梦外的泪
我真的从未做过美梦
却也实实在在遇见了你

夜梦的手，就是这样把我推向生活，生活的狡诈
生活的奇异。生活真窄
你一睁眼，就在生活里。

（原载《第三说》总第8期）

我不知道为谁写作

◎北　野

我不知道为谁写作
刮脸一样每天刮着　血液里滋生出来的
那些杂草　混合着泡沫
和年复一年的忧愁

仿佛远处将有人倾听我的哀告
仿佛有一颗与我相似的心灵
将怜悯我们遭遇的岁月

写呀　写呀　写呀
脸上落满了灰尘　纸上垒满了石头
转经的穷人也许会记起我们的功德
迷路的牧童也许会带着羊群和黑夜
在那些文字间停歇

而高高在上的鹰鹫
不会在乎　人心里的渴望
而云层里的大雨点　也许愿意
在遥远的沙漠之上　砸出两粒泥浆
好把我们的妄想埋葬

写呀　写呀　写呀
就像夜莺在黎明前播种歌声
就像石匠在墓碑上敲打生命
就像梵高笔下的囚犯放风
就像壁钟里的秒针　无声无息地转动

（原载《山东文学》2016年1月下半月刊）

激动史

◎叶丽隽

僻静处，也曾暗自反观
常有那刺入内心的羞耻，使我难以自持
即便用双手蒙住整个脸
还是止不住地颤抖

激动，源于我今生的诸多错误

因为错误将继续
所以激动
将永不停止——我不否认，我身怀碎浪
这个粗糙的躯体
一直在等待那令人惊异的事物
我的生命之海
涌动一生
也只为追求一个多变的，不可测度的魂灵

（原载《中国诗歌》2016年第7卷）

又一次

◎董 辑

又一次夜深人静
又一次透过路灯找星星
又一次在自己的心底
看见了漆黑一片

又一次听到起风了
又一次记忆里噼啪乱响
又一次合上旧书
又一次，点亮一根并不存在的蜡烛

又一次，在每一个铅字中看见黑洞洞的枪口
又一次，向时间高举双手
又一次用第三只耳朵
听见一块块石头重重地落地

又一次，把手伸向接力棒
又一次，一只鸟向你飞来
又一次，和忧郁摔跤你又输了
又一次，钟声中那扇窄门打开又关闭

（原载《诗东北》2016年春之卷）

一个秋日的午后

◎肖　寒

一片不大的池塘边

一丛丛的芦苇，微黄，高挑，迎着风

几朵荷花依然开放

叶片已经开始枯萎

风从我身后刮过来

芦苇开始晃动，接着

残损的荷叶在水的激荡中

撕裂，飘远

水已不再那么清澈了

周围的石头上也长满了密麻的苔藓

这是一个秋日的午后

风

正撕扯着这些默默活着的

小小的生命

我也在默默地活着

（原载《诗东北》2016年春之卷）

为自己单薄的身体加一根坚硬的骨头

◎阿　未

我怀揣一把刀不是要杀人，也不会有恃无恐

面对太多的丑恶和满世界凶神恶煞的眼神

一把刀的作用对我来说，仅仅是给自己壮壮胆子

我生来胆小，遇事慌张，惧怕堕落的人群

见不得风吹草动，见不得落叶纷纷

担心风来，我会像草一样摇摆，会被落叶

砸伤，更担心劈面而来的流言的锋刃

把心扎出血来，我不想就这么束手成为惊恐的

人质，用单薄的身体，藏起怦怦乱跳的内心

揣一把刀在怀里，除了弑杀那些在身体中肆虐的

羸弱的兽类，更多的是为自己单薄的身体

加一根坚硬的骨头……

（原载《作家》2016年第7期）

风水志

◎桑　子

一

"你们听到了吗？地盘动了！"
先父告诉我
"好像洪水来了的一阵轰轰的声响，老半天
老半天才响过去。"
我疑心他耳鸣
地盘在我们乡间
有着"风水"的意味
先父所以把这件事看作是神秘而严重
盖有着天下大变的预感
他是晚清举人　有文化的乡绅
后来我才知道
概天下大变只是杭桐线上小火轮的声音
似潮来时的轰鸣
但不久后　天下真的就此变了

二

我是时代的心脏
应当这样认为：
时间把我带入小火轮转动的春天里
汽笛犹如进化论下的单线历史

但火车的鸣笛很快上演了复线演进的图景

在钱塘江边　我看得够清楚

船头　铁制的锚堆着绿霉

像圆眉毛上聚满了坚毅的燕群

一个时代的暮色四合

宛如老画册的水墨在洇开此中

不安分的色彩　是未完成的诗行

教人明澈而庄严地念想

三

浮萍开出蓝色的花

第一朵被温和的水雾缭绕

第二朵安静如长长的分离

有老人在晚上逝去

风熄灭蜡烛

哀哀低回的乐曲响起

江上已经萧瑟

靠岸处　水落石出

布满旧时的悲戚和新生的软弱

四

水上的事物总是简单

近日　旧时的渡口忙于填土

一些好看的野花被随处丢弃

驳船靠岸又离岸
几家航运公司像鱼鹰一样争夺食物
而陆上
疾驰的铁皮车厢不由分说地带走了
最肥美的一部分

五

一点儿酒
就如临五月的天

五月瓦灰色的天空
雨有一双无辜的眼睛
在大沼泽这面镜子里寻找自己
并长吁短叹那无法治愈的疾患

船行已三天
经建德　出富阳抵达杭州
我早就爱上了这条江
我贫穷　孤寂　内心燃烧
我的疾患像渐渐成熟的刺莓果
血一样红

（原载《作家》2016年第1期）

卑 微

◎朵 渔

我对我的无知就像我和你
你有时在有时像天空所呈现的一种
空洞的蓝，我无法确知你因为我就在

你中。卑微，因此卑微也在我的体内
我曾听到一阵不是的风吹送来的消息
一只甲虫要来与我同归于尽，不是你。

天呢，我的眼睛所赞同的我的耳朵却
表示反对，我已无法统一自己的全境
当灰色鸟群翔集于灵魂的对角线

犹如我的诗之于我全部的过往
卑微也被打包压缩在这些字里行间
其中有你，其中有我，而我有所不知。

（原载《山花》2016年第10期）

情人节入门

◎臧　棣

空气越来越像透明的绳子，
如果你还能在我身上找到
可以拿得出手的礼物，
这正满溢在安静的北方平原上的
冬日的阳光就是我的情人。

而黎明越来越像放在银盘子里
送给自我之歌的一杯咖啡；
所有的苦，特别是你以为只有
你曾忍受过的，都不过是一扇小窗户；
打开它，从屋檐上飞走的鸽子

就是你的情人。请不要小觑
这些词语的疗效；或者，有时间的话，
请尽量不要怠慢这生命的技艺。
如果你仔细观察，周围的树木
已越来越像暴露的防线：

从人间突进到自然，你的肉体
是你正驾驶着的骨头坦克。
而更艰难的战役，显然是你能带着
全部的记忆，从自然返回到
每年都有那么一天，我会在老地方等你。

时间越来越少，正如甜蜜的恐惧
越来越稀薄；唯有鸟越来越多——
飞翔即问候。但愿我能凭个人的偏见
赢得一点神秘的善意；如此，
我无意对你隐瞒，世界是我的情人。

（原载《作家》2016年第4期）

高歌的人拎着嗓子

◎沈浩波

高歌的人拎着嗓子
说真心话的人，拎着通红的肝胆
烦躁的女人拎着头发
小时候过年，风尘仆仆的父亲
手上拎着一条大鱼
春天拎起全世界所有的冰
教徒拎着自己美丽的灵魂
对上帝说：瞧，我已洗得干干净净

（原载《作家》2016年第9期）

麻雀叽喳

◎孙文波

窗外的灌木丛，麻雀的叽喳声

不绝于耳，彰显存在。它们的每次发声

属于奥秘，影响着我的思维。

无力进入的世界，令我的想象漫溢，直至

抵达一帧旧画，宋人的怪鸟，在褐黄绢绸上，

腾空跳跃。这是古代的神秘。

岁月中变得无法解释。也许真的是他们所见。

为此我移步院中，目光越过墙孔，

寻找麻雀的身影。偶尔见到一只从树丛一蹿而出，

一团黑乎乎的，犹如箭镞的影子，

迅速掠过房顶消失在远处，仿佛被空无吞噬。

不对啊，这种动物的动力学，更加扰乱我的心绪。

让我觉得不应该关注它们。

应该闭目塞听。但是，我怎么才能做到闭目塞听？

必须解决的难题……我能将内心清理

成空旷的广场，或者，让内心成为无垠大海么？

人类的复杂在于记忆。我作为人类的一员，

麻雀的叫声唤起了什么？如果我

说到了过去，如果我说到了神秘，不过是，

我听到自己内心中发出的声音，看到了内心

浮现的图画。哦，麻雀，是不是我的他者？

（原载《民治·新城市文学》2016年夏季号）

源 头

◎胡　弦

明亮的事物总漫不经心。
河边，戴头巾的少女在洗涤织物。
木舟划向树林。马的鬃毛，也像光芒一样流泻在水中。

也许，这就是我们早已失去的时辰，
像镜子、新鲜的日出。欢乐，像借由浪费产生的涟漪。

——我也曾以为，那错过、忽略的，都能
凭借奔腾的争斗取回。
可无数浪涛已平静下来，带着对不在场事物的依恋。
静谧水湾收留了倒影，也收留了
我们一路丢弃的艰辛。

（原载《作家》2016年第10期）

欢　喜

◎泉　子

爱不是相互的占有，爱是宁愿不自由，
是宇宙如此浩渺无际，而我们同在人世时的欢喜。

（原载《中国诗歌》2016年第8卷）

品 位

◎伊 沙

小时候
我想当一名
卡车司机
（那是未被完全
洗脑时的理想）
除了开的车大
我还羡慕
他们都有一个
长长的炮弹般的
大茶罐
泡上一大罐
褐色的茶水
随时拿出来
咕嘟一大口
然后就长大了
司机虽未当成
如此"炮弹"
还是弄了一枚
它令我的生活品位
迅速下滑
咖啡久未品尝
功夫茶早被遗忘
葡萄酒不够过瘾
此时此刻

若你来到我家
走进我的书房
会看见一个家伙
赤膊上阵
正在写作
挥汗如雨
就用挂在脖子上的
湿毛巾擦擦
过上一阵
拧开"炮弹"
咕嘟一口
不像作家
而像一名
跑长途的
卡车司机

（原载《诗潮》2016年7月号）

防寒设备

◎桑 克

冷是可以预防的，
棉手套的脑门每天都在显示
正在发育的冷的牙齿。

冷是可以抵抗的，
通过内衬羽绒外嵌钢甲的城堡，
冷骑兵砍秃他的马刀。

冷是可以嘲笑的，
抓绒内衣的铅笔正在书写
一首迟钝的冷的抒情诗。

冷是可以照耀的，
碗状口罩思考抓捕的角度，
冰爪子如鳗鱼不得不逃入灌木。

冷是可以悬挂的，
滑雪帽比狗皮帽更懂得
张贴海报的技巧。

冷是可以躲避的，
裹着热宝的雪地靴依靠着桦树的旗隘，
把黑暗的冷拆成一纸空文。

冷是可以疼爱的，
呼出的热哈气如同报纸的争论，
小心翼翼伺候着耳朵。

冷是可以扮演的，
从快捷酒店，从荒芜花园的杨树侍者的表情，
从电视机斑斓的面具。

冷是可以贮存的，
正如回忆之中的汽笛，铁环，悲愤，
环绕着广场排着队的铁车门。

冷是可以交易的，
上海的礼物换成哈尔滨的房屋，
盐的细腻换成雪的粗鲁。

冷是可以种植的，
是可以意会而又摸不到的绿头巾。
秘密咬着暗红的嘴唇。

（原载《作家》2016年第2期）

苏格拉底监狱

◎蓝　蓝

新的一日从黄昏开始，
暮色来到这里，接下来是
夜在铁条后迅速变黑。

松树垂下它的双臂，搭在
深陷阴影中的人的肩头。
石头狱室的窗口会亮起一盏灯吗？

你甚至有些莫名的幸福，为那碗
甜蜜的毒芹汁。黎明将从死亡
迈进虚无之门时开启，
曙光悄悄移动了它的日晷——

你仍将学会热爱绝望，直到希望带着血渍
从痛苦的产道滑出。
在昔日无人的角落，你读过他
灿烂的篇章，在自由的悬崖上
在他致命的赴死中——

会有人继续和你承受思想严酷的命运
现在，你在石头的冰冷上坐下，一条黑犬
跑过。苏格拉底轻轻穿越你们却微笑不语。

听！——教堂晚祷的钟声，敲响了。

（原载《作家》2016 年第 1 期）

一隅诗

◎余 怒

醒来后，
下了一阵雨，
由此而知：静之极限。
趿着塑底拖鞋，在卧室里，
吧嗒、吧嗒走动，
想以此告诉隔壁的人，
这不是一个空房间；另外，
有人活着。
（仅仅让人获得
"在这里"的感觉。）
知道什么是静之无垠，
在其中如光线一般潜泳。

（原载《特区文学》2016年第4期）

微粒之心

◎李元胜

一粒朝露，有没有泥土的咸？
一缕轻烟，有没有大地的重？
一首短诗，有没有心的不甘？

早已顺从尘埃般的生存
像扬起的微粒，满载自己的宿命
万物循环，我们知道结局，却又永不心甘……

（原载《十月》2016年第1期）

过 程

◎娜 夜

食虫草在微微颤抖
露珠掉了一地

一只虫被一棵草吃掉的过程
又像一场缠绵的爱

最后的
或者最初的

大自然多么美妙：昆虫越是挣扎
它体内的汁液被食虫草吸收得越快

（原载《四川文学》2016 年第 4 期）

不仅仅是出走

◎高春林

貌似是受呼唤的蛊惑，而非
受够了钢结构。是的，荒野即呼唤。
你除了出走的快感，就是植入
身体的词、碎小的词。
更多的时候你宁愿在这儿坐着，
让风吹着，要么对一棵山楂树好奇。
眼明寺就在北边，看清楚了，
再向北就彻底回了，而事实是
你走向另一方向——固属于你的城，
就像一尾鱼非得回到它的水域。
出走，毕竟不能真走，
——为什么走不到早先的石头里？
那才真叫跨越边界，
问题是有没有一个边界要你跨过去。
是谁鄙视地说，人非草木，
真实的处境是，人多数时候不如草木。
四周的暗你拆不掉，那就拆你的
钟表吧，你记下这一次——
并不是每一个叙述都能复原
到俄耳甫斯，你像传记一样的述说，
有时只是提请身体里的光
在过多的黑暗里更多地亮起来。

（原载《读诗》2016年第1卷）

黄昏的草场

◎丁　燕

即便与你道别，擦肩而过

我依旧记得那种种缠绵

记得分手时的瞬间，像黄昏的草场

——华光消失，草茎黏稠

空气闷得发甜。马儿们，一个个

融化在巧克力的汁液间

你慢慢走远，留下我像女犯

痛苦不堪。和你相遇

如冰川融化，松林坍塌

我们的宇宙，围着我们旋转

我们的黄昏和草场，将我们扔在我们

命运的荒野：让我们低吟，让我们闪光

大地棕黑，葡萄泛紫

湖水辽阔，草滩上白羊点点

而在那时，你要与我道别；而在那时

你要与我擦肩而过……

尽管我常常被夕阳所骗

但我依旧深爱着它：永远、永远……

（原载《山花》2016年第2期）

暴风雪

◎冯　晏

暴风雪像某个剧场的情绪失控，
宁静被枪支埋葬那种；
像天空喝下各种药水依然停不下旋转那种；
像月亮周期性发作，
焦虑从正面绕到思想背面那种；
像无戒律，纬度迎向颗粒，空间飞起来那种。
雪花打在脸上又瞬间融化，令你陷入迟疑。

暴风雪像白帆升起海面，
一条鱼追逐一群鱼；
像皮鞋奔跑，一只绵羊在草原追赶离散的白云；
像逆行一种旧模式，
穿越哨音和教诲声的平流层；
像突破了句式和词语，
被逍遥游误解，被荷马困在斜坡。

一层玻璃隔开严冬，窗外冰河如白纸，
足迹让给平原。
暴风雪像一种无奈抓起大把雪花，
皮肤遇见刀片飞舞那种；
像提防速度被超越，双脚没有安全感那种。
暴风雪像恐惧坠落，你庆幸拉住一枚衣角；
像秒针爬过身体，
每一寸，那种存在感都是你所缺少的。

暴风雪像协奏曲，与欲望和冲动一起奏响，
像灵魂漫游，被唤醒的反而是你的外在。
暴风雪像树木和山峦挣脱迷雾时举起的拳头。
像人群拥挤，冰凌是折断的水。
午夜，一只棕熊出没冥想，时间缓慢了下来……

（原载《天津诗人》2016年夏之卷）

山寺问僧

◎森　子

一首汉俳的山势向西隆起，
韵脚在追忆，并卸下追忆的手腕。
当所取如昂头的狮王，在它的头顶种植桑葚，
你就到此一游，憋一口长诗之气，
如是完成了开始。
山形成于开始，而不倾向于结束，
下个意识成为猛虎的闹钟，
伫立在一个新的端口。

出家二十载，他只回过一次长春。
你忘记了追问，梦里有许多隧道，记忆在查票。
就着山势，你取消了深潭，
打扰了一只孵化卵石的雉鸡。

（原载《读诗》2016年第2卷）

写诗能不能不用比喻

◎尚仲敏

时间很紧
我还要去几个地方喝酒
写诗能不能不用比喻？
让人一眼就能看懂
并且会心一笑

我试过，不用比喻
很难。比方说
有的人写得精雕细刻
像在绣花
而有的人
一抒情就把秋风恨得咬牙切齿
就细数落叶
望穿秋雁

在四川
李白当年也不过
写过几首打油诗
至今都不得安宁

就这短短几行诗
我用了不少比喻
看来在四川
不用比喻能把诗写好的人

不会很多
而外省的那些诗人
大都痴迷于书本
活得像旧式知识分子
在各种比喻中抑郁而终

（原载《读诗》2016年第2卷）

灵　魂

◎沈　苇

"你身上灵魂太多了，
多得几近空无!"
于是乎，灵魂反对灵魂
灵魂折磨灵魂
灵魂嘲弄灵魂
灵魂拥抱灵魂……
于是乎，最安静的
那个灵魂，出窍了

（原载《湖南文学》2016年5月号）

间　隙
　　——给自己的生日

◎朱　朱

空中飘满无形的气球。残留的
热浪沉进水泥，一阵害羞的凉意
像穿着湿漉漉的泳衣的姑娘跑过，
一道旋转门的反光闪现树梢，
一班地铁带走我以往扮演过的
全部角色，连站台都没有剩下。
蝉，叫得像十面埋伏中的党卫军，
蚊子们的叮咬变得凶猛而贪婪，
要像高僧般宽恕这种末日感，
毕竟你比它们要活得久长，尽管
智力陷入了低潮，翻开的书里
都是僵凝的电波、难以破译的密码——
你是一个间谍，与上级失去了联系，
暂时还是永久？不知道。也许
你已经列入了阵亡者名单，或者
被定性为叛徒，但根据以往的经验，
恰好是更危险的任务到来的前兆；
为此你要珍惜这间隙，也许
数年，也许一天，也许只是几秒。

（原载《诗建设》2016年夏季号）

刺毛虫

◎王学芯

我看见刺毛虫拽住树枝

在绿叶底上　通体细密的绒毛

浮出闪亮的光

诱发痛心之痒的感慨

是因我的举止和靠近的脚步

是呼吸的气息

碰到它的空气

使它弯起腰　颤抖地爬行

让不经意的绒毛

变成我皮肤内的针刺

这痛痒至极的不安

我忏悔的手指　把皮肤的毛孔

抠出一道红肿的伤口

（原载《莽原》2016年第4期）

爱情这东西我明白

◎李轻松

继续疯吧！只要疯了，你就突破了所有的防线
那些约束就是形同虚设。只要你愿意，
啊，你就是一匹行空的马、一只放浪的蝶儿
……
月儿会随心而白，风儿也会随意而飘
——爱情这东西我明白，不过是一剂迷魂
药而已。
你要做杀手，或者做一介懦夫
你都能获得绝对的、天堂般的自由！
被一个强大的人挡住，或一堵墙
你被借了人头，可你的魂儿还在
你被借了东风，可你的箭还在
深渊里的张皇、虚妄边缘的呓语
要是能疯算是有福了！
你自身的剑已等到白头，
你刺伤不了世界就先把自己刺杀吧，
一朵葵花的血是你的手书。
如果有笔，你就在天上
如果有纸你就在人间
一个木偶任由摆布着，一些线在提拉
一只操纵的黑手，一闪，什么样的大幕
才能开启这样的戏剧……

（原载《中西诗歌》2016年第2期）

父亲与草

◎汤养宗

我父亲说草是除不完的
他在地里除了一辈子草
他死后，草又在他坟头上长了出来

（原载《诗选刊》2016年9月号）

多年后

◎卢卫平

多年后，我将年逾古稀
没有衣锦，我也还乡
写完这首诗，我就开始注意饮食和卫生
坚持慢跑，不发怒，为多年后还能种丝瓜
小白菜、朝天椒、刀豆积攒一些力气
这是我一生相依为命的蔬菜
如果还有空闲，我将在我房前屋后
栽下一些竹子，竹子里的风声
会替我回忆我清贫的一生
如果下雪，竹叶上轻轻颤动的雪花
多像我的白发闪着逝去岁月的光芒
我有足够的耐心等到竹子拥挤时
开始编织竹篮，一天编一个
我为每个竹篮取一个乡土的名字
写五十字以内的编织笔记
这些无用的名字和笔记
只是为了给一模一样的竹篮
一个短暂的记忆和区分

一年三百六十五个竹篮，装着竹子生长
耗费的时光和我最后的积蓄
谁一无所有，谁口干舌渴
我愿意把所有的竹篮给他
我唯一的心愿就是他能打到水

（原载《诗选刊》2016年7月号）

耳 语

◎哑　石

我对你　实实在在有激情
也有愿望收集你眼眸中激烈的灰烬。
唯独没有疑问。你就是
我在经书上见过的那个老渔夫了
大海上劳碌一生，却一次
也没抬头望望那海市蜃景。多幸福啊
不像这些了无生趣的诗人
一生被幻景所困。

（原载《海拔》2016年6月号）

夏　日

◎姚　辉

俯身，尘土里有葡萄飞翔的痕迹。

整个夏天喷涌的波澜　一片翠绿

甲虫自街衢中归来　它被镶上了

另外的坚硬　抑或霓虹虚掩的暗疾

甲虫旋舞——夏天泛红的欲念

铺满　我们失败多次的期许

赤裸的欲望成为彩绘之旗

它有甲虫般低回的吱嘎——

欲望高扬　那些灰暗的灵魂

低于　甲虫臀尖闪烁的隐秘……

俯身，尘土里有梦境坠落的迟疑。

（原载《伊犁河》2016年第4期）

呐 喊

◎秦巴子

每天放学以后

就有一个声音

在楼下喊

如果是星期天

他几乎要喊

整整一个下午

一声接一声

喊一个人名字

开始很激越

然后有些不耐烦

到最后声嘶力竭

几乎绝望

王！梅！梅！

下来玩！

声音在楼与楼之间回荡

但是很少有人回应

我从窗户里往下看

王梅梅并没有出现

一个小男孩

站在垃圾桶边
踢着一只易拉罐
仍在低声念叨着
王梅梅
下来玩

（原载《诗潮》2016年7月号）

夜半，被风雨声惊醒，这好像是
春天第一场声势浩大的雨

◎任　白

午夜，春天终于来了
风雨一阵紧似一阵
鲁莽的过客
想要带走什么
上一个白天
你在城里四处游荡
穿过高架桥
和一份文件一起
去找一个能签下名字的人
战争结束了
在很多橱窗里
你看见尤利西斯忧心忡忡的脸
被成堆的水果掩埋
那些街区和岛屿
那些迁徙和征伐
从编年史中出逃
远离回家的航路
他和屈原擦肩而过
在都柏林街头
被一股古怪的异香弄得头晕目眩
那个街角的旧书店收留了他
仿佛是一个华服的门童
从绣像本里踱步而出

峨冠博带

落英缤纷

街心花园又变小了

孱弱得像一个盆景

像是枯瘦的秋天

那里曾有大片的丁香和波斯菊

收留每一个流亡者

但是你终于走投无路

终于无法找到签收文件的人

你渴望堵车

或者路突然断掉了

一个突发事件

让你永远躲开终点

躲开无语的门廊

和一张不属于你的床

但是春天还是来了

怀抱着一堆像夙愿般坚硬的沙子

扑面而来

你看见它

明白流亡和迁徙都是没有终点的

(原载《作家》2016年第7期)

残　花

◎田　湘

一束开在荒野的花朵
我见到她时
正在一片片凋落

她初绽的含羞
和怒放的姿态
她曾经的孤寂与幸福
她为谁而开，又为谁而谢
无人知晓，也不忍探究
就像无须去探究一位迟暮美人的过去

一朵即将消逝的花
没有人来怜惜
我也无法替她说出内心
但我在见到她的瞬间心就痛了起来
好像凋落的不是她，是我自己
好像是我在这无人的地方
悄然死去了一次

没有人能阻止一朵花的衰败
正如没有人能阻止她的盛开

（原载《关东诗人》2016年春季号）

胶囊之身

◎ 翟永明

我活着　把自我装进微小包装
看多少材料打造出我这颗
难以下咽的胶囊之身

慢慢地我装进破碎的接吻
装进另一个人，装进他的研磨
装进不思量、自难忘
慢慢地我吞下，就着一杯苏打水
慢慢地我掰开一粒果核
掰开两树梨花三生斜阳
我与前世今生都有过交待
此身已装进太多的秋风
不放浪、也只能握紧这一束苦形骸

天地大到无际
也只是胶囊的公寓
慢慢地就着一杯温吞水
慢慢地滚进一片茫然的肉体
万物皆为脏腑，我又岂能

不只是一粒渣滓，此身

浑沌多淬炼　　即便慢慢积攒出

一个狡黠笑容

终将胶囊似的溶化，消失

即便能令天地七窍生烟

终将化为一片散沙坠地

看看吧：无数胶囊排空而来

又蜕皮而去……

（原载《读诗》2016年第2卷）

一切都可能改变

◎林　莽

一切都可能改变
在我每天走过的街上
风从另外的方向吹过那几棵针叶树
它们弯曲的姿态
多像几个异常谦卑的人

一切都可能改变
以前的顽童远走他乡杳无音讯
那个白衣少女何时成为了体态圆润的妇人
我匆匆的脚步变得迟缓
那些岁月在时钟的指针下一点点消逝
老树长出了新芽
我身体的某些部分以前习惯的事物
如今不再适应
时局更迭某个夸夸其谈的人变得沉默
某年某月他成为了自己的阶下囚
有些朋友总想固守疆土
有些熟人永远地离开了你的视野
我的窗外四季分明
那几棵银杏由青翠转为金黄
而冬青总是墨绿的
但它们渐渐长高
掩住了那条窄窄的甬道
现在那只棕色的玩具犬走过时

我只能看见它的主人牵着的那条狗绳

一切都可能改变
我的头发渐渐地白了
有些事情也许不再重要
可我盼望的事情一直没有发生

而许多事情潜在的意蕴
经年累月已经改变了原有的味道

（原载《诗探索·作品卷》2016年第2辑）

某橡树

◎于　坚

当我们上课时　它逃走了
那根细铁丝被长粗了的肩头挣断
掉下来　就像曼德拉获释时的手铐
从前园丁用它绑过块小牌子
标明这是一棵　橡树
仿佛这是它值得表扬的　罪状
读过一遍就忘了　那时候它真矮
小便浇到它　灰茸茸的小耳朵就晃个不停
越长越粗　一直在原地踏步
它的脚步从不偏移它的地牢
不背叛它的原罪　满足于走投无路
它不是积极分子　自己围困着自己
耽误自己　从不滋事生非　迎风招摇
跟着叽叽喳喳的乌鸦研究黑暗
饮水　收集落叶　它喜欢笨重的舞蹈
总是在接纳丑陋　愚钝　只导致失败的琐碎
它在学习着一种复杂的残疾　用它的天赐之材
危机四伏的金字塔　阻碍着美的视野

傲慢的阴影永远向着消极扩展
直到世界再也看不见它的肋骨　真理筑成
我们无从命名　只有将木字旁去掉
叫它大象　是的　它正在黄昏的高原上移动
风暴在它后面犹豫

（原载《扬子江诗刊》2016年第3期）

忆陈超

◎王家新

那是哪一年？在暮春，或是初秋？

我只知道是在成都。

我们下了飞机，在宾馆入住后，一起出来找吃的。

天府之国，满街都是麻辣烫、担担面、

鸳鸯火锅、醪糟小汤圆……

一片诱人的热气和喧闹声。

但是你的声音有点沙哑。

你告诉我你只想吃一碗山西刀削面。

你的声音沙哑，仿佛你已很累，

仿佛从那声音里我可以听出从你家乡太原一带

刮来的风沙……

我们走过一条街巷，又拐入另一条。

我们走进最后一家小店，问问，又出来。

我的嘴上已有些干燥。

娘啊娘啊你从小喂的那种好吃的刀削面。

娘啊娘啊孩儿的小嘴仍等待着。

薄暮中，冷风吹进我们的衣衫。

我们默默地找，执着地找，失落地找，

带着胃里的一阵抽搐，

带着记忆中那一声最香甜的"噗啾"……

我们就这样走过一条条街巷，

只是我的记忆如今已不再能帮我。

我记不清那一晚我们到底吃的什么，或吃了没有。

我只是看到你和我仍在那里走着——

有时并排，有时一前一后，

仿佛两个饿鬼

在摸黑找回乡的路。

（原载《江南诗》2016 年第 1 期）

口 信

◎宋 琳

如果明天，黑色舰队从我的眼睛登陆
请在梦中为鸽子铺好床
并嘱咐它把眼睛转向东方

如果我化身犰狳，从侏罗纪赶来救火
请赞美用拨火棍款待它的人

如果我结结巴巴像石头
在寒冷的高地睡去
你要灵巧如流水，用一支歌把我淹没

如果地球的聋耳朵在闪电的神经末梢
听不见情人们悲伤的低语
请对他们说：要么守着银河示众
要么像海蛞蝓，自由地卷曲

如果绿衣人按响了门铃，你要祝福他
数到七，我就从彩虹里面出来

（原载《中国诗歌》2016年第7卷）

我接受这样的指令

◎吉狄马加

我接受这样的指令：
不是拒绝冰
也不是排斥火焰
而是把冰点燃
让火焰成为冰……

（原载《诗选刊》2016年2月号）

灵魂像秋天的落叶

◎叶延滨

高贵而富有的钱币，印着伟人头像
引来无数污秽的指手揉搓
最后打捆、粉碎、压成一方方
坚硬的燃料投进炉火
财富最后的出口，一抹青烟

骄傲而优雅的书籍，印诗句和语录
逃不过收荒匠用改装过的秤
收纳入编织袋，送进打浆机
漂白，压制一卷卷卫生纸
文明的下一个支流，马桶下水道

在财富和诗篇之间
在炉火与下水道之外
渴求自由的灵魂是秋风驱赶的落叶
每一片落叶都无名
都贫困，都老炮儿，枯瘦如中东的难民

在秋风放肆的牧羊鞭挥动间隙
落叶是秋季牧场上的羊群
悄悄地啃食如金子一般铺落大地的阳光
比财富更富有的原来是阳光
比诗篇更美妙的也还是阳光

（原载《中华文学选刊》2016年7月号）

半张脸

◎商　震

一个朋友给我照相
只有半张脸
另半张隐在一堵墙的后面
起初我认为他照相机的镜头只有一半
或者他只睁开半只眼睛
后来才知道
他只看清了我一半

从此我开始使用这半张脸
在办公室半张脸藏在心底下
读历史时半张脸挂房梁上
看当下的事情半张脸塞裤裆里
喝酒说话半张脸晒干了碾成粉末撒空气中
谈爱论恨时半张脸埋坟墓里
半张脸照镜子
半张脸坐马桶上

就用半张脸
已经给足这个世界面子

（原载《十月》2016年第5期）

大觉寺

◎荣　荣

相爱未遂　她还在人间滞留
功名未遂　他还在天南地北

春风从容　往事无数
你仍欠我一个了悟

（原载《汉诗》2016 年第 1 期）

雨　伞

◎曲有源

它收拢时
便裹进
往事
而
今
倚在
墙角也
只能盼望
回想把
它一
次
又
一次打开

（原载《民间诗粹》2016年第3期）

南京，南京

◎梁　平

南京，
从来帝王离我很远，那些陵，
那些死了依然威风的陵与我不配。

身世就是一抹云烟，
我是李香君身后那条河里的鱼，
在水里看陈年的市井。
旧事浮了上来，
一点一滴都是亲近。
线装的书页散落在水面，
几缕长衫打湿了，与裙裾含混，
夫子端坐在岸边纹丝不动，
看所有的鱼上岸，居然
没有一个落汤的样子。

秦淮河瘦了，
那些游走的幻象在民国以前，
清以前，明元宋唐以前，
喝足了这一河的水。
胭脂已经褪色，琴棋书画，
香艳举止不凡。

不能不醉。
运河成酒，秦淮成酒，长江成酒。

忽然天旋地转，恍兮惚兮，
才知道我也游弋在岸上。
梦纬的酒有梦，
言宏酒里有"言子"，
子川的酒自己把自己撂倒，
还有叶橹，古稀年轮的树上，
取一片叶作橹的船，怀抱里的酒，
怀抱德高望重——都该喝。
不过就是一仰脖，
醉成男人，醉成那条鱼。

那条鱼从没有水的成都游来，
得片刻间的清静。
长乐客栈床头的灯笼，
与我的一粒粒汉字通宵欢愉。
我为汉字而生，最后一粒，
留在旧时中央党部的凤凰台上，
一个人字，活生生的人，
没有脱离低级趣味，
喝酒、打牌、写诗，形而上下，
与酒说话与梦说话，
然后，把这些话装订成册，
这一生就够了。

在南京，烈性的酒，

把我打回原形，原是原来的原，

哪里来回哪里去，

回到母亲怀抱，让她漂亮如初，

我是不谙世事的婴儿。

（原载《上海文学》2016年第6期）

清水河

◎李　琦

幸亏它是河流，无法开口说话
否则它怎么叫出自己的名字
清水河，真是讽刺
河水忍气吞声，怀抱各种垃圾
像一条泥淖中的虫子
屈辱而混浊地，向前蠕动

一切相得益彰
河边望月，情侣幽会
少年望着远方出神
这一切当然不再发生
各种粗鄙和丑陋之事
隐匿于此，走过这里的人
有人紧皱眉头，有人破口大骂

这个国家，确实太大了
总是有太多被忽视的事情
奔腾可以变为爬行
混浊与肮脏，同样可以幅员辽阔

夜深人静时，河水伤心不已
它念着自己的名字，回想从前
清澈干净的样子。因为是河水
没人听出，它的呜咽之声
也没人看出，它已满脸泪水

（原载《诗选刊》2016年9月号）

站在草原

◎张洪波

你如果心地太小
草原最矮小的草也能把你湮没
你如果心胸宽阔
草原最烈的风也能融入怀抱
十月。一个正直的人站在草原
就是一个无法征服的高度

（原载《星星》2016年2月上旬刊）

红入香山出尘

◎杨　克

从春天闪入秋，逼近冬

凛冽的清醒中

生命沿石阶蜿蜒而上

经历青翠到金黄　满眼艳红

若不是此山大起大伏的顿悟

此刻谁能熊熊燃烧

犹如火山喷发？

几朵摇曳的火苗　砥砺风

在身体里呼啦啦蹿动

跳跃在黄栌的枝上

点燃红彤彤的灿烂　漫山遍野

每棵树

仿佛都穿上你的红衣

妩媚如花妖

蹁跹　看不见蝴蝶　腊梅嫩蕊

银杏的落叶

慷慨抛洒明晃晃的金币

泉眼躲在幽闭处

双清相伴暗涌

香炉峰太高　虚蠹云天

一座山因你而遍体生香

（原载《诗歌月刊》2016年第4期）

暗 器

◎简 明

你能到我的身体里来一下吗
不要像刺，那么久地留恋疼痛
不要像牙齿，那么久地留恋粮食
不要像树叶，那么久地留恋枝头
它们掉了又长，长了又掉

不要像指甲，那么久地留恋手指
你知道：指甲会把手指带向何方吗
这些身体的树叶，它们拼命生长
只是为了让自己，更快地
脱落

你能到我的身体里来一下吗
像昙花，一下就是一生

（原载《中国诗歌》2016年第1期）

在成都傍晚的莫舍咖啡

◎龚学敏

把夕阳再调浓一点便是爱情。风衣的树，
在座位上发芽，
一滴从水中伸出懒腰的音乐，
用小拇指轻轻的春天，打翻了整个夜色。

咖啡们的性别和傍晚的曲子纠结在一起。
我让地铁口出来的时间，
用口哨的密码勾引门上游着的鱼。

在莫舍。我把玻璃桌面上长出的烟草味，
收割在诗里，读给被雨淋湿的小时光。

（原载《四川文学》2016年第3期）

放荡的心应了天穹的蓝

◎黄礼孩

银色的叶片，一下子散开的是热带鱼
在虚无之上，花朵抬头，骑着白马
走向远处，蓝白相间的蝴蝶消失在视线外
我试着测量月亮与大海之间的远近
它们之间没有距离
一湾海水站起来，放荡的心应了天穹的蓝

（原载《诗选刊》2016年6月号）

巴丹吉林沙漠日记

◎雷平阳

在巴丹吉林沙漠的心腹
一片池塘、一座寺庙和几间民房
但没有一个人影
坐在一户人家门前的椅子上
我看见万丈黄沙向我奔腾而来
黄沙的上面是一轮白日
我震颤于压迫与绝望的日常性
觉得自己已经被埋葬于斯
脚边上，一只悠闲地觅食的鸡
红颜色，它冠齿上的红颜色
让我瞬间陷入血晕
"咯咯咯……"它的一声声叫唤
传到耳中，我听起来都像雷霆

（原载《读诗》2016年第1卷）

病耳朵

◎王明韵

病耳朵
你比我可怜
一直病着，去医院，去民间
在活着和死亡的路上
我必须爱你，全部的爱
聚集在掌心
热热地搓揉你
泪水向上流，经过耳蜗
滋润你。还有耳垂、鼓岬
以及附近的肌肉、骨头
和耳崖上塌陷的皱纹
你一定很累，天天叫着
夜夜叫着，一生的陪伴
一生啊——这命中之命
这上帝的神曲
病耳朵，让我听见
爱的声音，也听见了
刺耳的声音
我要奖励你

用微笑作奖品

同时奖给更多的人

来吧，病耳朵

长出你的花朵和语言

我要带着你

从死神之门出走

去另一个门扉，聆听

新生儿的啼哭

（原载《山花》2016年第4期）

贡 献

◎马铃薯兄弟

笑容里有假牙的贡献
性感里有乳胶的贡献
令人窒息的美丽里有香水的贡献

GDP里有血和水的贡献
煤炭里有罪恶的贡献
堂皇的建筑里有丑闻的贡献

瓜果和青春里有催熟剂的贡献
牛奶里有三聚氰胺的贡献

我不喜欢这贡献
我不喜欢所有假
无论它叫安全套
假牙
或风中飘动的假发

（原载《青春》2016年第3期）

喜欢或不喜欢的

◎海　男

喜欢或不喜欢的，远景或近景的

天空无限晴朗，或者有雾

把我化作一页纸吧，那些值得我书写的日子

天下不散咒语中的一篇

把我的手重新触摸一次吧

我灵魂中的坎，怎样才能往前跃过

石阶上的灰正往前飞，飞过了脖颈

飞过了头上的三角围巾。今天的日子

就像运动场上少年们的跳高跳远

而我在一只口袋中跳，在纸或灰的格子中跳

在生活的门槛中跳，在纸上跳

乌云过去了。我跳过去了

我从充满刀锋的石坎上跳过去了

我从满嘴的咒语中跳过去了

我从羚羊的孤独和歌唱中跳过去了

（原载《诗歌风赏》2016年第2卷）

冰 凉

◎曲 近

任何时候
你纤细的手指都像冰凉的小蛇
在我的手心里惊慌失措
这胆怯怯怩怩的性格
加重了我牵念的负荷
还没等攥热呢
就紧张着挣脱
并浮出一脸红云

这小小的胆量
这冰凉的手
以及体质的虚弱
常常令人心疼不已
总想献出一点血
献出一点热
暖化一条冰河

这世界，除了肉体
还有多少心灵需要暖热

（原载《诗潮》2016年9月号）

策马行

◎吕贵品

在一条扶摇飘逸的路上
路两岸莲花开放!
我在莲花之中正策马而行
策马而行,策马而行,

心跳是马蹄声声
全身的血液是一匹红马驮着我

当下。天地缥缈
我的身躯正高举飘飘的银发
骑着那匹红马争分夺秒向前驰骋

人类的脑袋
戴着发套在红马群上移动
如同熙熙攘攘的肥皂泡一个个地破灭了
红色的马毛开始脱落
落在山巅飘起一缕晚霞

我的红马倦了　不想驮我了
红马跌倒　心跳的蹄声刨起一阵黄土

我只好弃马驾鹤而行

我顿刻身轻如云

我不用在生命之中呻吟了

离开那匹红马我会更自由地飞翔

（原载《作家》2016年第8期）

别惊动那个词

◎谢克强

别惊动那个词　千万
它肯定是疲惫不堪　才睡的

年少的时候
这个词　这个惊心动魄的词
以它丰富而深刻的内核　让我
一见倾心激动不已

从那时起　多少年过去了
我常常在报纸上见到它
有时在红头文件里见到它
甚至在一些歌词诗行中见到它
更不要说在书里

许是为了引人注目
它也乐于被人反复利用
扮演重要角色当然兴奋不已
纵是摆在偏安一隅的角落
它也乐此不疲

真不敢惊动那个词
（那些使用过它的人
已经很小心翼翼了）
我怕惊醒它跑进我的诗里
平庸了我的诗

因为诗人在挑遣词时　总想
挑个新奇而富于张力的词

（原载《中西诗歌》2016年第1期）

一朵云

◎亚　楠

他独守寂静，在空阔中
在绿叶的呼吸
中承载。他的痛
拥有黑色翅膀，如黑蝴蝶的
光晕不断朝前铺展
也具备了，他云游四方
看见，或者看不见
其实都一样
都是匆匆过客，在风中
洗礼。而我更加
关心的是，假如没有
风，我们又将栖息何方？

（原载《中国作家》2016年第6期）

暗　示

◎张文斌

云层压低海岸　灰色是思想者的面容
网和竹竿的影子　环绕成椭圆形
海生物在睡梦里
天空与海　一对喜乐无常的老朋友
同时陷入了思索
鸟儿振翅
撕开一片云　泄露了晨曦
此刻除了光明
没有什么值得深思了

（原载《诗歌月刊》2016年第2期）

长在左边的心

◎余秀华

她一定有些幽怨：我的诗歌里很少写她

疼痛里喊天也不喊她

每次出门，急匆匆的，生怕她多看我一眼

偶尔她想和我睡一起，我也不会答应

许多年，我怀疑我不够爱她

但是她毫无保留地把她自己遗传给了我：

她肋下疼，我也疼

她头疼，我也疼

她感冒的时候我也感冒

她脾气坏，我也坏

这次她检查出来心脏长在左边

我知道，我的心也在那个位置

只有她在说到死的时候，我会不屑一顾

我得活着

比死亡更惨烈地去活

（原载《中华文学选刊》2016年1月号）

在苍溪的夜晚

◎雨　田

穿过暮色的丘陵　穿过黑暗的隧洞时
我的梦没有在嘉陵江上游苍溪的黑夜迷失方向
也许我的心漫游在只有自己才懂得音乐里
梦里的另一端　是否是她穿着长摆新衣的身影
我茫然被梦惊醒　忧伤而又无法看清她的面容

窗外　嘉陵江水在黑暗的夜里流动　她披肩的长发
呈现另一个春天的来临　谁无休止地心烦意乱
甚至把整个夜晚触摸得苍白　此刻谁能告诉我
什么果实充满甜蜜和黑暗　而我还有足够的耐心吗
忧伤缠绕着我　就像缠绕着一个无法改变的地球

苍溪的景色如斯　但我不会去记忆九龙山的铁甲松
不去想那里的豹　金雕　猕猴　大灵猫和梅花鹿
黄昏　我离开时已经不知所措　意识更糟
令人惊异是我被梦惊醒后什么都不去深想　回味
但我闭上眼睛时看清了富乐山下明亮的月光

（原载《人民文学》2016年第7期）

与王单单、江一郎夜饮增城

◎慕　白

都说神仙好
神仙也怕寂寞

江一郎来自东海之滨温岭
王单单打彩云之南镇雄来
都是千里迢迢，我们三个男人
在增城街头夜饮

小楼今夜细雨
何仙姑早已羽化升仙
屋顶开过的桃花似笑非笑
我们效仿古人，在风中频频举杯
以诗歌的名义

谁知明日履迹
管他得不得道，三杯酒下肚
长安就远，我在天上
百年衣冠，谁言红尘难得一知己

酒神呀，今年的荔枝上市还早
你已让我醉倒在他乡街头
一座陌生的城市

（原载《芒种》2016年第1期）

夜里九点整

◎柳　沄

夜里九点整
九十一岁的母亲
艰难地咽下
最后一口气儿

在妹妹惊天动地的呼喊里
活得很累很累的母亲
很平静甚至很舒坦地躺在
宽大的木床上

那是一张
母亲躺了几十年的木床
此刻，躺在上面的母亲
仿佛躺在
另一个地方

——母亲睡着了
其紧紧闭上的眼睛
其似乎有话要说而微微张开的嘴唇
和四年前病逝的父亲
一样安详

我没哭
只是窗外的风，不停地

在窗里呜呜地响

很想再活一些时间的母亲
被时间带走了
从此，这个世界上
再没有谁将五十六岁的我
视作孩子

（原载《诗探索·作品卷》2016 年第 2 辑）

月亮曾经在哪些水里捞过刀鱼

——回乡偶书之一

◎邓万鹏

一个从来不喝酒的人终于喝了

一口接一口白兰地　天空就要塌下来

墙豁子挤过干燥的风　开花的新树枝在空中紧忙活

更替旧树枝　它们要鉴定

瓦垄上那个月亮　还是不是

月亮　那月亮又曾经在哪些水里捞过刀鱼　一支轻铅笔

又是哪一年摘掉的橡皮帽子　要是樱桃花真能开出来

一辆东方红拖拉机　那么信封的老住宅

就可以转动门轴

风化石夹缝

蝎子就会拽回来跳舞的火钳

小人书与红孩子

对立黑孩子

当我的蜡线拽回来　穷人家一院子橘色晚云母亲的母亲

正在端起饭盆　胳膊弯刚刚放下

浆洗的白被单

一股熟悉的好味没法说出来

我没怎么在意　当然我更没在意墙角

一窝刚出生的耗子

拥挤着舌头　要多嚼一点烧焦的炉火铲就能治好牙周炎

然后在老盐罐中营造棉花糖的新生活　当然这纯粹属于偶然现象

很多夏天都是如此　变黏的黑土生长出一种不良倾向

杂木棵与鸟叫同时站起来　有意与上学之前的小脚丫过不去

野游不知道旅游　旧衣服刮坏了太多铁蒺藜

黑布鞋不但听不进我的话

硬要跟踪水蛤蟆　呱嗒呱嗒的上午　让我加倍想念我的家

那两条变凉的炉钎子

天空一打闪就想起炉钩子失败的滑雪

用难以靠近的云　去温暖减法

睡眠加法　灯泡啊小灯泡　闪光完全等于零

黄昏的斜对门站着梳头的小哑巴　她转身别了我（仿佛她就要飘离亚洲）

一排糖槭树必然因为自身的陷入而脱离

一串不成熟的春天　曾经立下过誓言　用早晨的光砍去斜歪的血管

（原载《诗东北》2016年春之卷）

骑马进入朱仙镇

◎杨志学

时间的风，空间的云
我要骑马进入朱仙镇

走路太慢，免不了饥渴劳顿
飞机太快，又无法把目标靠近
汽车过于喧闹，乘船离不开水道
仔细思忖，骑马进入最契合我的身心

骑马可以让我纵横驰骋
骑马可以让我自由地穿梭
骑马可以让我零距离感受这片土地
骑马可以让我无间隙地走进古人的生活

从刀耕火种的小村，到朱亥的聚仙名镇
文明的演进在这里留下了清晰的脉络
从春秋时期的征讨，到南宋岳家军朱仙大捷
一场场战火，淬炼着朱仙镇英勇不屈的性格

如今硝烟远逝，人间祥和
我骑马来到这里，缱绻逗留
古代的战马，早不知去了何处
我的马儿亲吻着泥土，怎么也爱不够

时间的风，空间的云
看我骑马进入朱仙镇，品读千古名镇的神韵

（原载《人民日报》2016年1月27日）

虔　诚

◎柳　苏

虔诚化作纸灰，已经包裹起来
我现在急于找到长流水

找到了泉眼，河床，渡口
一切与流水相关的，都已干涸

记忆深处的河水，潺潺作响
还原的真实，只能刻写在磁盘上

那些端坐于拦洪石坝的老人在想什么
等待百年一遇的洪水吗？

一滴水和一条河消失的情形也许
大体相同。所有的人表现出一样的无奈

我包裹起来的虔诚，何以验证
仅存的水都不在地表流动

（原载《诗刊》2016年9月号下半月刊）

一弯残月

◎ 于国华

你虽没有热烈的语言
平静如水
我却在一张老照片上微露唇语

三月的春风打开了你心灵的窗口
从屋里传出
一声轻轻的叹息

你凝视镜子里面的你
面面相觑
镜子的心被无数次穿透

后来你在镜子的后面出走
回来时
送给我一只青铜酒杯

于是我常常梦见自己衣带渐宽
每当举起酒杯
都发现杯中　一弯残月

（原载《海燕》2016年第2期）

约人吃饭

◎陈衍强

钟鸣村的表弟
来县城请我吃晚饭
叫我约几个朋友参加
我立即掏出手机
分别给几个朋友打电话
由于是星期六
一个在昭通
一个在小草坝
一个已有人请
一个要在家陪父母吃
一个无法接通
一个呼叫转移
一个已关机
一个打通了没接
另一个打通了也没接
我再也没心思
接着打其他朋友了
只好告诉表弟
今晚就我们两个吃

（原载《诗潮》2016年6月号）

起风了

◎王文军

突然就起风了，很大的风
小路上的人
衣袂成了翅膀
他们使劲拽着
不让自己飞起来

我也一样，明明悠然而行
却像遭到挟持
不由自主地
跟着风
跑起来

那么大的风
要从我身上
掏走什么呢

（原载《中国诗人》2016年第1期）

下午的阳光

◎ 小红北

许是命运的判官，画给我们
额外一笔橙红
它喜欢漆窗而来
但它不喜欢给人添麻烦
在小憩里完成了
这次行动

这是一次圆融黑与白
梦与醒的行动
它可以让美，以及那些
与心灵有关的事物
瞬间安静下来

在它赶往黄昏之前
我们一定要干点什么
或者，做一点
什么都不干的思想储备

中年遇见这样的色彩
有一种加速衰老的适意
仿佛死亡的背影
就在眼前
我们把构思多年的剧情
交给一台

即将垮塌的剧场

那些身外之物
是卸下来的时候了
那些闲事也不要管了
忽然想，人生除了爱
还有哪一件事不是闲事

（原载《绿风》2016 年第 5 期）

我爱上黑色

◎袁东英

春天躺下
在山谷的河里变长
我听从风，脱掉华裳
干裂的皮肤长着光阴的锈斑
黑发仿佛枯草

我不悲伤
允许自己变黑、变老
接受阳光刻在身上的阴影
接受夕阳矮下去的昏暗
接受让光蒙羞的一粒尘埃
甚至，我爱上了黑
白发里的黑发，眼白里的黑仁
用黑色的长袍裹紧自己
我也爱——
这黑黑的长夜
活着的每一秒都如此轻松
那些笑脸里的皱纹、人海中的孤独
那些藏着的喜悲
那些可以遮住一切的黑

这世上
还有比黑色更自信的色彩吗
没有哪一种颜色
可以将其覆盖

（原载《诗选刊》2016年10月号）

一个苹果挨着一个苹果跪下

◎九　荒

那么短的路，那么盛大的夜
一个苹果挨着一个苹果跪下
一个平安嘱托另一个平安把夜色留住

这样的平安夜
多么平安，又是多么复杂
从路的这一头望向另一头
我看到一个个苹果被平安吃掉的场景
看到一对对不能相爱的灵魂
抱着苹果，涕零泪下

其实苹果不知道，这种时候
一些人，也一个挨着一个地跪着
他们为了更好的活法
不得不舍弃一个个可以安睡的夜晚

（原载《关东诗人》2016年春季号）

自从那个水站搬走

◎薄荷蓝

之后　栏杆铁门上了锁
栏杆里的红砖墙
本满墙的爬墙虎
忽然在水站搬走之后
在六月死掉大半

剩下很小一部分
与墙旁边的楼梯
互相依偎在一起

许久没有人上楼
爬墙虎在楼梯上
延伸着　安安地
深入到我梦境

某种废弃
带着沧桑之美
住在我的记忆里
如你废弃的誓言

你记不得了
可植物记得
它们每年四季
用不同的语言形式

提醒你的记忆

如果你还是记不起
那我也还很好
有这废弃之美
静谧而安详的在
依然能让我
为过往痛哭流涕

（原载《创世纪》2016 年春季号）

我们本可以成为很好的朋友

◎李　笠

你从纽约飞来
我们在一家日本料理共进晚餐
"一个人要有全球视野！"
你用英语说。睫毛油下的眼神漾着八月的大海
它比洱海辽阔千倍
我在你的水中
阅兵式女兵方步走的声音如波涛袭来
"我在泰国买了一个庄园……"
"我认识中国最顶尖的人，部长级的……"
"这次来是为一个国际投资项目，两百个亿……"
"这是好莱坞摄影师给我拍的照片……"
"这是在澳大利亚总统的私人晚宴上……"
我们能谈谈别的吗？
比如爱情与死亡？
"我的丈夫很帅……他不缺女人……女人
找他，他知道，只是为了
钱……我们两年前就应该分手，但……
不管怎样，他还是一个真正的
男人"
说，继续说！我想潜入海底
"我赞助过一位艺术家，在他最困难的时候
现在他的一幅画已价值百万！……"
那么，你能否告诉我
你是什么时候把哭酿造成笑的？

"人要往前看，要有正能量！"

我们能否谈谈命运，比如，你

是如何认识丈夫的，又为何不愿意离开他？

"我不喝酒……我信佛！"

是的，不错，我写诗的时候

常常觉得自己是佛

或上帝

"我不停在飞。明天早上又要飞北京，然后……"

（原载《北京文学》2016年第7期）

姐　姐

◎旧海棠

许久不曾想起姐姐

这个下午

秋风从椰王树上吹到露台上收衣服的我

在脸上皮肤痉挛的刹那

我想起姐姐

想她到中年的样子

想她到晚年的样子

如果她还活着

这会儿在做什么？

她死前我一直跟她斗争

她所有的行为我都看不上

她给我刷一双旧球鞋我要嫌弃那双旧球鞋

她给我织补一件断线的毛衣我要嫌弃那件毛衣

她坐在屋里不出门我要嘲笑她老了

现在

我已过了她那时的年纪

正在过缝缝补补的生活

——上午刚做完清洁

屋里很干净

就在刚刚，我移开沙发换上干净的毛毡

把大肚子花瓶里插上了白蔷薇

这么美好的时光

我想邀请姐姐来我身边坐坐

煮一杯蜜柚茶

聊聊儿女
请她告诉我用甜面酱烤鸡翅的做法
跟她一起用白棉布擦玻璃杯
在有污迹的地方
哈上热气

（原载《西部》2016年第10期）

音　乐

◎黄　梵

音乐说，你应该信任美丽的呜咽
这时的音乐是天空，高过我的楼顶
这时屋里的白墙，围成一只白瓷碗
对着夜灯乞讨

我展开的白纸，像窃听器
听着窗外啄木鸟与树的谈判
因为远处喧闹的工地，池水已绷紧神情

音乐说，我就是宁静
帮你卡住了警笛的喉咙
我就是北斗
帮你找到了需要回家的浪子

就连满地丢弃的卫生巾
也忘不掉自己的绝望——
它不只知道女人的冷暖
更知道男人爱女人的祸心

听着音乐，影子悄悄爬上了白纸
但它不在乎没有名姓
听着音乐，窗外的车灯却想引人注目
成为一条吃人的白蛇

听着音乐，我心里开始涌起
无数的方言

（原载《作品》2016年2月上半月刊）

声 音

◎东　君

一首诗尚未出现之前，它的声音
就已经在大地深处久久回荡
我寻找这种声音，就像手寻找光线

在我舌头间融化的思想
在我身体里凝固起来的骨头
都与这种声音有关

在一首诗里，死者的目光
与我相遇，完成了一次
无声的对话

（原载《鸭绿江》2016年6月上半月刊）

宴　乐

◎石舒清

蒙田的书里说
古埃及人喜欢宴乐

喜欢在宴乐的高潮时
抬进来一具干尸

且歌且舞
且舞且歌——

喝吧　玩吧
死后你就是这个样
喝吧　玩吧
死后谁都是这个样

蒙田的书里说
生是纷乱的箭头
死是遍布的靶心

（原载《诗选刊》2016年9月号）

杯中养虎记

◎霍俊明

"你是一个心存醉酒愿望的人"
这是你离开尘世时对我说的
最后一句话

是的。我曾在一个玻璃酒杯中
豢养一只金黄的老虎
在很多个夜晚，树枝和街道
一起摇晃，抖动，眩晕

年岁大了，已经不再需要
一双红色的筷子
来扮演向上的梯子
一个左撇子，一个六指
都难脱黔地庖厨

你在秋日举起酒杯
手指敲打杯壁，像一个老农
揉搓黄昏里的玉米棒子
兄弟间也需要一场大醉，相拥胜妻

可是，我并没有准备好在秋日里举杯
也逐渐丧失掉谈龙谈虎之心
那只年幼的老虎曾在酒浆中
在轻凛的日子起身，

试图从杯壁中抖动渐渐成熟的金黄条纹

我将火柴投入其中
我需要一次燃烧，需要一次
蓝色火焰舔动铁皮屋顶的灼灼愿望
如今，不喝酒已经多年
正如你人世中的最后一次转身
那时夕阳不大不小，
夜正渐渐暗下来。

（原载《芳草》2016年第3期）

松 果

◎鬼 金

经过那棵松树的时候

我听到喊我

我四处看着

没有人类

我看到地上的一枚松果

我捡起来

那些深藏在内部的种子

那些明亮乌云的内部

带翼的种子

看着松果的内部

也看外面的世界

重力决定它的坠落

我在手掌上敲打着

那些眼睛般的种子

在看我

我碾轧出种子内部的油脂

漾出松香的味道

在风中飘散

我把剩下的种子埋进泥土里

在距离那棵树几米的距离

我只是埋下

我无法知道它是否

可以在春天睁开眼睛

用一棵树的存在站立到这个世界上来

以万千枚松针刺向天空
我带着空的蜂巢般的松果
回来，置于我的书籍中间
偶尔看看，我会想到
泥土里的黑暗
只是想想而已
偶尔，我也会用文字扎我自己
等待着
黑暗从身体里溢出来

（原载《汉诗》2016年第2期）

长短句

◎周　瓒

她依然在寻找自己的紧张感
不是试图放大生活
而是对细节有能力判断
一口气说出来
沿着活跃的思绪
既放松又警惕
在束缚中感受自由
让思想的浮力托起身体的滞重
思想有时候是顿悟
以蜜的代价
有时候它编织自己缓慢成形
并不负责治愈时代的病症
贪婪、权欲、自我、放纵、抑郁、浑噩
这些词包揽了我们的日常
匮乏来自每一个人
如果她思路不畅
说明她没有抓住要害
也许应该从一个词开始
的确，一个词
带着你，跟随你，陪伴你
一个词在一口气之中存活并乍现

（原载《飞地》2016年第14辑）

沙之书

◎李　浩

写下，删除，然后重新写下
我羞愧我的犹豫：那些无可名状的情绪仿若阴霾，在音乐的回旋中起伏
可是找不到瓶塞。是的，我将自己比喻作一个盛放酒类的容器
不过，不过里面存放的却是
络绎着的沙子。

电脑前。面对时间坐着，我把空虚的词敲在白纸上面
空虚。它们应当是另外的容器，我听见它们嗡嗡作响，或许
是一种更为脆弱的物质。再一次使用删除——
"除了锈迹，我已经将自己慢慢倾空"
"你的沙制的绳索……"

是的，所有的词都找不到我，我不在这里。所有的词，都只有骸骨
它们被交付给背后的魔鬼。
我将自己比喻作一个盛放酒类的容器其实根源于此：除了沙子，还有殿堂
肉体的魔鬼刚刚剪掉它有气息的脚趾。我，羞愧于
我羞愧于我的孤独，不，它是一个有所遮掩的词，已经离开了我的本意
我的本意，实在难以这样说出。

因此，只得如此：写下，删除，然后重新写下
把暗影和心动交给魔鬼，把隐喻给词，让嗡嗡的声响连贯下去
而我不在这里。被我倾出的只有沙子，它们已经放弃合谋
——余下的，未写的部分，才是。

（原载《山花》2016 年第 9 期）

在子午线偏西

◎娜仁琪琪格

我深深地凝眸　举目　徘徊
将萧瑟的冬日　寂寥　眺望之远
以稀疏的枝条　指向苍宇

有什么从远处飘来　在一丝云彩也没有的天空
或阴霾压低的喘息里
有人离开　有人到来——

原谅我　一次又一次地
双眼盈满泪水　却不能说出更多
静默里　只会重复着举起相机
拍下清瘦的枝条　遒劲的古树　在人间与天庭之间
搭建桥梁

很多时候我会一动不动
只是为了等待　一群鸽子飞过天空
盘旋而来　盘旋而去

凝望里的钟楼　兀自挺立

暗涌的河流　夹着疼痛

一次又一次涌来　消解古意

在子午线偏西　一个小女子承载不起更多的

忧虑

（原载《中国诗歌》2016年第8卷）

西藏短句

◎鲁　娟

有什么配得上这清晨
诵经声唤醒每一个神的孩子

有什么配得上这光亮
飞鸟的翅膀缀满金子的润泽

有什么配得上这云朵
一抬头即触碰柔软的嘴唇

有什么配得上这大地
轮回贴着每一个匍匐的身体

有什么配得上这夜空
星星和星星彼此咬耳朵

有什么配得上这时光
原来为此已白白虚度了半生

（原载《中西诗歌》2016年夏季号）

词 语

◎曹有云

词语
水中挺拔的石头
挡住激流
让它们
慢下来
再慢下来
成为宽阔的风景

光阴拉长、拉深
细节展开
世界花开

（原载《诗刊》2016年7月号上半月刊）

硬 伤

◎吉 尔

只有库车河了解我的品性
只有库车河懂得我气吞山河的野心
它用三十年培养出我麦芒一样的皱纹
明亮，也是硬伤。这，

像肋骨一样的语言
常常让我泪流满面

我喝下库车河的水，泥沙俱下
胃里泛起漩涡，隐隐作痛
有时吐血
我是个中毒极深的人，要靠逆流而上
才能心安理得

可我一生都没有躲过洪水般的宿命
每个写诗的人，身体里都住着一处海洋
用来吞吐词语的泡沫

我身体里居住着凶猛的河流、暴雪

和花瓣，中医说我的身体呈寒性，勿熬夜

食凉性食物，可我偏爱那些凉的食物

雪、冰块，命里带霜的人

我对他们的爱，使我一生都没有过罪恶感

（原载《西部》2016年第3期）

多年以后

◎扎西才让

风声可以听见，寒冷可以触摸，
流逝的日子可以在时间隧道里追寻。

当我追忆以往，面对那些真实的情感，
深觉语言文字无力表达我的情意。

我只能以文字还原事物的一小部分，
然而得到的那些，也与梦想相差万里。

面对女人也一样，我只能从她身上，
得到自己渴望得到的那一部分。

我只好选择远行，把青藏星空下的桑多，
以照片的样子薄薄地夹在书里。

多年以后，想到这些年的期待和爱恋，
我必会陡增好好活下去的勇气。

（原载《黄河文学》2016年第7期）

岛

◎苏兰朵

终于写到了海
如同写到了伟大、恢宏、远方，诸如此类
人类日日思念的空洞词汇
而岛在这些词里令人心安

我们以看海的名义去一座岛屿
为了消磨掉困在船上的时光
用手机玩起了杀人游戏
法官、警察与杀手，把我们带到
另一个困局中，忘掉此刻
船和岛，就这样赋予了生命一种寓意

在岛上看海
是不一样的，如同在困局中想象自由
海水击打着火山岩，有了无事生非的
对峙、牺牲和冲突
自由因而变得生动、具体起来
变成了一种可以抒情言说的追求

（原载《诗潮》2016年7月号）

肉　身

◎何向阳

该如何
安处
这具肉身
放空
交付
为将来的火
浸它于水
琴键追逐的
余音
像一句诗的
飞奔

最黑暗最沉寂
最缩减
犯下僭越的罪
虚构它
再解除
节制
规避
放纵
顺从
涅槃
游走的光
落日的

灰烬
这一刻
无法再现
寂寞难言

迟暮的花
久酿的蜜
燃尽的
柴
行走于途中的
闪电
或有无尽的可能
在纸的苍茫
背面

而你是谁
谁又是
你
御风而至
手扶
山峦

无名的神
恪守的
宫殿

（原载《作家》2016 年第 2 期）

万物使我缄默

◎苏笑嫣

出于羞惭　万物使我缄默
兴安落叶松油绿　好像集体哭过一场
于是午后饮马　在斜枝下稍立片刻
南风带来一生错过

吹长了一串雁子的阵型　云层低垂　而天空悲伤
昨天的话一如往常　端坐在今天的树枝上
——那果实曾经甘甜而如今酸涩
耐心等待　时间　把它酿成美酒　以及更多的沉默

我同树木一样无所事事
或席地而坐　读乏味的书　写下无用的文字
不发一言
或看两株虞美人　在风上相爱　相爱又分开

林间营营有声：一场隐秘的对话
潮湿的风向惶松
天空随雨水一同降落　一种辽阔的颤栗
飞鸟如箭　倒影是留恋一切以及淡漠一切

（原载《诗潮》2016年第5期）

你不要原地打转

◎哈　金

你别再说生命轻得难以承担
说要活得清淡悠闲
别再说要学会忽悠时间——
每天看看电影，吃吃茶点
与朋友们聊得天高地远

你最好跟别人一样辛勤
为一袋米、一件衣服上工
你看，码头上的脚步多么沉重
看那些离港的海轮
它们都要负重才能远行

（原载《作家》2016年第8期）

敬 告

由于编选时间仓促、工作量大，未及与所选作者一一取得联系，请见谅。

现仍有部分作者地址不详，为及时奉上稿酬，请有关作者与责任编辑赵维宁联系。

地址：沈阳市和平区十一纬路25号

邮编：110003

电话：024—23284306

E-mail：249972579@qq.com

辽宁人民出版社

2016.12